10
18

12, AVENUE D'ITALIE. PARIS XIIIe

Sur l'auteur

Håkan Lindquist est né en 1958 dans une petite ville du Småland, sur la côte est de la Suède. Il vit à Stockholm depuis l'âge de dix-neuf ans, où il a travaillé auprès des enfants, puis dans une librairie et un magasin de disques. Il est l'auteur de plusieurs romans dont *Mon frère et son frère* et *De collectionner les timbres*, paru en 2004 aux éditions Gaïa.

HÅKAN LINDQUIST

MON FRÈRE
ET SON FRÈRE

Traduit du suédois
par Anne RUCHAUD

10
18

« Domaine étranger »

dirigé par Jean-Claude Zylberstein

GAÏA ÉDITIONS

Ouvrage traduit avec l'aide du *Svenska Institutet*, Stockholm

Titre original :
Min bror och hans bror

ISBN 2-264-04060-2

« L'éternité est amoureuse
des œuvres du temps. »

William Blake
(*Le Mariage du Ciel et de l'Enfer*)

UN

502 jours séparent le dernier jour de ta vie du premier jour de la mienne. Malgré cela tu as toujours été présent, plus ou moins présent.

La première image que j'ai de toi, c'est cette photographie prise à l'école, posée sur le poste de télévision dans le séjour. Un garçon de treize ans qui ressemble à ma maman. Tes cheveux sont assez longs, bien peignés, foncés. Exactement comme maman. Tu ne ris pas sur la photo. Tu ne me regardes pas, non, tu fixes quelque chose au loin, par-delà le photographe et tes camarades de classe. Je suis un petit garçon de près de trois ans debout devant la télé et je regarde ta photo. La porte du balcon est ouverte à côté de moi, quelques flocons de neige attirés par la chaleur virevoltent autour de ton portrait avant de retomber doucement et de fondre par terre.

« C'est qui, là ? dis-je en m'adressant à mes parents.

– C'est ton frère », répond maman, et elle ferme la porte du balcon. « C'est ton frère Paul.

– Il est mort avant ta naissance », explique papa.

Mais j'ai froid et je suis bien trop petit pour comprendre.

Debout devant ta photographie, je te regarde. Parfois – si je suis triste – il me semble que toi aussi tu as l'air triste. Quand je suis heureux, j'ai l'impression de voir un sourire énigmatique sur tes lèvres.

Je me tenais debout devant ta photographie et je te regardais ; je n'arrivais pas à comprendre que tu étais mon frère et que tu étais mort. C'était une pensée trop abstraite pour moi. Ma famille, c'était maman, papa et moi. A ce moment-là tu n'étais qu'une idée. Ou – peut-être – une attente.

En grandissant – à peu près au moment où je suis entré à l'école – j'ai commencé à questionner mes parents. Je voulais savoir qui tu étais, ce que tu avais fait, avec qui tu avais joué. Car tu avais dû jouer, Paul ; tu n'étais encore qu'un enfant quand tu es décédé.

« Paul était si gentil », déclara maman. Et elle disait cela avec la même voix que lorsqu'elle me lisait des histoires. « Il adorait peindre et dessiner, il était très doué. Tout le monde l'aimait. Ses professeurs à l'école. Tous ses camarades. Et les enfants de notre rue. Tout le monde l'aimait. Et tout le monde a été très triste lors de sa mort. Tellement triste.

– Est-ce que tous ses camarades de classe étaient à l'enterrement ? demandai-je.

– Non. Pas tous. Seulement ses amis les plus proches. Il y avait déjà eu une cérémonie à l'école. Je crois que c'était la veille de l'enterrement. Pourtant l'église était pleine.

– De quoi est-il mort ?

– Tu le sais bien, dit-elle lentement. Je te l'ai déjà expliqué des centaines de fois.

– Quand même, insistai-je. Je veux que tu me racontes encore une fois. Je veux savoir.

– Il s'est fait écraser par un train et il est mort sur le coup, fit-elle brièvement. Ça a été très vite.

– Non, dis-je. Pas comme ça. Raconte comme tu le fais d'habitude.

– Paul aimait bien se promener dans la forêt, commença-t-elle. Il aimait observer les animaux et les plantes et il espérait toujours qu'il allait rencontrer un animal sauvage...

– Est-ce qu'il lui est arrivé de voir des renardeaux ? » ne pus-je m'empêcher de demander.

Maman sourit.

« Oui, un matin qu'il s'était levé de bonne heure. Stefan et moi venions de nous réveiller quand il est revenu. Il riait et nous appelait de la porte d'entrée : "Réveillez-vous ! Réveillez-vous !" Puis il est venu dans notre chambre. Il s'est assis sur le rebord du lit et il a commencé à nous parler des renardeaux.

– C'était quand il avait quel âge ?

– Onze ou douze ans, je crois. Il nous a raconté sa promenade en forêt. Il s'était assis sur un vieux tronc d'arbre à moitié pourri. Et tout à coup il avait entendu un cri plaintif. Il nous expliqua qu'il avait d'abord eu peur, et puis la curiosité avait repris le dessus. Alors Paul était monté sur un gros bloc de pierre pour mieux voir. Et pour être un peu plus protégé, j'imagine. Et là, au pied de la grosse pierre, il avait vu trois jolis petits renardeaux qui jouaient devant leur terrier.

– Paul a dû être content ?

– Oui, dit maman un peu tristement. Il a vraiment été content.

– Le jour de sa mort, il était aussi allé se promener en forêt, continua-t-elle. Le matin, au petit déjeuner, il nous a annoncé qu'il avait l'intention de faire une longue promenade. Il espérait voir quelque chose de nouveau, quelque chose qu'il n'avait jamais vu auparavant. Je lui ai fait des sandwichs et je lui ai donné un thermos avec une boisson. Et avant son départ je lui ai rappelé de prendre sa boussole. Au cas où il se perdrait dans la forêt. Elle est très grande, la forêt de l'autre côté de la route, tu comprends.

– Qu'est-ce qui s'est passé ensuite ?

– Ensuite... ensuite Paul a fait quelque chose de très dangereux. Quelque chose que tu ne dois jamais faire. Tu m'entends ? Il est allé sur la voie ferrée. Et quand le train est arrivé, il devait être absorbé dans ses pensées, ou peut-être qu'il observait un animal ou quelque chose comme ça. Ce qui fait qu'il n'a pas entendu le train et qu'il a été percuté. Et qu'il a été tué.

– Est-ce qu'il a eu mal ? » demandai-je.

Maman secoua la tête.

« Je ne crois pas. Ça s'est passé tellement vite. On n'a pas le temps de se demander si ça fait mal ou non. »

Après un instant elle continua à raconter, mais sa voix n'était plus la même.

« C'était le 21 juillet l'année avant ta naissance », dit-elle, et c'était comme si elle se parlait à elle-même. « En fait c'était le jour où ils ont marché sur la lune pour la première fois. Je me souviens que j'étais un peu inquiète vers le début de l'après-midi. Comme mal à l'aise. Stefan était dans la cuisine, en train de faire la vaisselle. Il écoutait la radio. Il chantait une chanson qu'on entendait assez souvent cet été-là. *It's the time of the season when your love runs high...* Et tout à coup on a sonné à la porte. C'est moi qui ai ouvert. Devant la porte il y avait deux policiers. Ils ont demandé à entrer.

« Ce n'est que quand nous avons été tous les quatre dans la cuisine que j'ai compris pourquoi ils étaient venus. Je leur ai demandé s'il était arrivé quelque chose à Paul. L'un des policiers regardait par terre. L'autre a fait "oui" et a dit : "Votre fils vient d'avoir un très grave accident." Et moi je n'arrivais pas à comprendre ce qu'il disait. La radio était toujours allumée. Et quand il a continué, quand il a dit que Paul était mort, j'ai crié : "Personne ne peut éteindre cette fichue radio ! » Après cela il y a eu un silence terrifiant. Tout ce qu'on entendait, c'était les sanglots de Stefan. »

Après le récit de maman, l'appartement n'était plus le même, il me semblait différent. Presque irréel.

Dire que j'avais un frère qui avait habité ici, dans cet appartement. Un frère qui avait parlé avec papa et maman, qui avait ri et joué dans notre appartement. Dire que j'avais un frère qui avait vécu dans la chambre que j'appelle ma chambre.

Petit, il m'arrivait de prendre la photographie de Paul pour l'examiner de près ; je la tenais tout contre mes yeux et essayais d'y découvrir quelque chose de nouveau, un détail qui m'aurait échappé. Parfois j'emportais cette même photo dans ma chambre pour lui faire voir, pour qu'il se reconnaisse. Car je n'avais pas seulement hérité de la chambre de Paul ; j'avais aussi récupéré ses meubles, ses jouets, ses livres – et même une partie de ses vêtements.

Après que j'eus appris à lire et à écrire, je pris l'habitude d'écrire des petits mots sur mon frère. Je retrouve encore çà et là des petits papiers aux lettres et aux chiffres mal assurés.

De Paul à Jonas 502 jours.

Ou bien : *Il y a 12058 heures entre nous.* Dans la marge de mon livre d'anglais de cinquième j'ai inscrit, *You are seventeen months away.*

Je ne me rappelle pas tout ce que je m'imaginais au sujet de Paul quand j'étais petit, je me souviens seulement que je pensais à lui et que le plus souvent il me semblait présent. Quelquefois nous nous confondions en une seule et même personne. Il me semblait alors que j'étais déjà lui avant, quand il était en vie. C'était comme si c'était moi qui – dans un rêve ou un temps révolu – avais vu les renardeaux jouer devant leur terrier, un matin de bonne heure ; c'était moi qui avais été trop occupé à scruter la grande forêt de l'autre côté de la route pour réaliser que le train arrivait à toute allure. C'était moi qui étais mort. C'était moi qui étais né à nouveau – qui avais presque ressuscité – dix-sept mois plus tard. Et pourtant c'était bien Paul, aussi.

Quelquefois je me dis que j'aurais dû écrire un journal quand j'étais plus petit. Mais je ne m'y étais jamais mis. C'est la raison pour laquelle les preuves écrites de la proximité qui existait entre mon frère et moi enfant se limitent aux petits papiers et aux notes calculant le temps séparant nos deux vies.

Au moment de ma naissance, 722 880 minutes s'étaient écoulées.

Et puis j'arrêtai d'écrire des petits mots au sujet de Paul. Je pensais encore à lui de temps en temps, mais il ne m'était plus aussi proche. C'était comme s'il avait perdu en intensité. Mais il se produisit quelque chose qui le rendit à nouveau présent à mon esprit.

C'était un peu avant les vacances d'hiver en quatrième. Je m'étais inscrit à un tournoi de ping-pong qui devait avoir lieu dans le gymnase de l'école, mais j'eus la malchance de casser ma raquette quelques jours seulement avant mon premier match.

« C'est pas vrai ! m'exclamai-je en examinant le manche brisé. Et je n'ai pas de quoi en racheter une neuve ! »

De retour à la maison, je trouvai papa fatigué et irrité. Il était dans le salon, plongé dans un de ses magazines de pêche. Je lui montrai la raquette et lui expliquai ce qui s'était passé.

« C'est fou ce que tu es maladroit, fit-il sur un ton revêche. Tu casses toujours tout.

– Mais non, je ne casse pas tout. Pourquoi tu dis ça ?

– Laisse-moi maintenant. Tu ne vois pas que je suis en train de lire ?

– Mais papa, risquai-je, m'efforçant de ne rien laisser paraître de ma mauvaise humeur, je dois participer au tournoi à l'école. Il faut bien que j'aie une raquette, non ?

– Tu n'avais qu'à y penser avant.

– Comment voulais-tu que j'y pense avant ? Je ne l'ai pas fait exprès ! Je peux en avoir une autre ?

– Non !

– Pourquoi ?

– Parce que c'est trop cher. Si tu veux une nouvelle raquette, tu n'as qu'à économiser et te l'acheter toi-même. Je n'ai pas l'intention de payer alors que c'est ta faute. »

J'allais dire quelque chose de désagréable pour clore la conversation quand j'entendis maman m'appeler de la cuisine.

« Jonas, fit-elle à voix basse. Ça va s'arranger, tu vas voir.

– Comment ça ? demandai-je irrité.

– Ecoute, dit-elle en posant ses bras sur mes épaules, il y a une ou deux raquettes au grenier. Avec un peu de chance, elles seront en bon état. Je suis presque sûre que tu peux t'en servir jusqu'à ce que tu aies de quoi en racheter une nouvelle.

– Au grenier ? Elles sont à qui ? »

Elle attrapa la clé du grenier qui était pendue derrière la porte de la cuisine.

« Elles étaient à Paul, dit-elle. Il jouait très bien. Daniel et lui jouaient souvent ensemble. Daniel avait une table de ping-pong dans sa cave.

– Daniel a une table de ping-pong ? Je ne savais pas.

– Si, enfin il en avait une autrefois. Je ne sais pas s'il l'a toujours. De toute façon il ne peut plus jouer.

– Pourquoi ? »

Elle se mit à rire et me regarda d'un air interrogateur.

« Qu'est-ce qui te prend, Jonas ? Tu n'as pas remarqué que Daniel marchait avec une canne ces deux ou trois dernières années ? »

Je rougis et hochai la tête.

« Si, j'avais oublié, c'est tout. »

Daniel était un ami d'enfance de maman. C'était lui qui me gardait quand j'étais petit. J'avais été très surpris quand il avait commencé à se servir d'une canne. Après tout, il avait un an de moins que maman. Et il ne faisait pas son âge. Mais je fus encore plus étonné quand j'appris la cause de ce handicap soudain. Papa – qui se lassait parfois de voir Daniel aussi proche de maman et moi – m'expliqua que c'était l'alcoolisme qui avait endommagé les vaisseaux sanguins des jambes de Daniel, et que c'était pour cela qu'il ne pouvait plus marcher sans canne. « C'est un pauvre type ! » ajouta papa. Et maman, malgré toute la délicatesse dont elle faisait preuve envers les gens en général – et Daniel en particulier – n'avait pas d'autre explication à donner, même si elle le formulait différemment ; c'était bien l'alcool qui avait abîmé les jambes de Daniel et l'obligeait à utiliser une canne alors qu'il n'avait pas quarante-trois ans.

« Je vais te montrer où sont les raquettes, dit maman. Ah non, c'est vrai ! Je vais chez Else. Il est bientôt trois heures. Tu n'as qu'à chercher toi-même. Je crois qu'elles sont dans la valise bordeaux. Si tu ne les trouves pas, je t'aiderai en rentrant. »

J'ouvris la porte du grenier. C'était la première fois que j'y allais seul. J'appuyai sur l'interrupteur et entrai dans le couloir bordé de compartiments finement grillagés.

Le nôtre était rempli de bric-à-brac : des skis, des luges, de vieilles lampes, des vêtements et des valises. Et même un affreux buffet marron derrière lequel j'entrevis la valise bordeaux. Je fus obligé d'escalader le buffet pour l'atteindre.

La valise me parut grande et lourde. Je réussis en peinant un peu à la hisser sur le meuble avant que la lumière ne s'éteigne. Je tâtonnai jusqu'à l'interrupteur. Puis j'ouvris la valise.

Elle était remplie de vêtements, mais j'y trouvai aussi quelques livres et des albums-photos. Je ne reconnaissais rien de ce qu'il y avait là. Je pensai que c'étaient des affaires qui avaient appartenu à Paul. Et je me demandai pourquoi je n'en avais pas hérité. J'examinai un pantalon gris foncé dont le motif à carreaux était à peine visible et me rendis compte que ces vêtements devaient être beaucoup trop grands pour moi.

En fouillant un peu plus je trouvai une raquette. Le revêtement en caoutchouc était desséché ; il se décolla du support en bois comme je passai ma main sur la surface rugueuse. Je dénichai enfin l'autre raquette, et elle me sembla en bien meilleur état. Je la cognai doucement contre mon poing. Oui, celle-là ferait l'affaire. A ce moment-là la lumière s'éteignit à nouveau. Je rallumai et m'apprêtai à tout remettre dans la valise quand j'aperçus, tout au fond, une veste en jean. Une veste marron clair. Je la pris et réalisai, à mon grand étonnement, qu'elle était en daim.

Elle était toute rigide et sentait le renfermé. Et la manche droite était déchirée au niveau du coude. Mais elle était juste à ma taille. Je la gardai sur moi et replaçai tout le reste dans la valise. Je me souriais à moi-même en me dirigeant vers l'escalier.

Maman allait partir quand je franchis la porte. Son sourire se figea au moment où elle me vit.

« Enlève ça tout de suite ! articula-t-elle d'une voix sifflante.

– Qu'est-ce qu'il y a ? Pourquoi ?

– Enlève ça ! »

Papa nous rejoignit dans l'entrée, son magazine de pêche à la main. Il s'arrêta net en me voyant.

« Mon Dieu ! » murmura-t-il. Maman avait les yeux pleins de larmes.

« Enlève cette veste, Jonas », dit papa. Et il prit maman dans ses bras.

« Mais elle me va comme un gant, dis-je. Elle est vachement bien. On n'en trouve plus des comme ça. Pourquoi je ne peux pas la garder ? »

Maman se mit à pleurer. Papa la serra plus fort ; il levait les yeux au ciel et me faisait de grands signes pour que je retire la veste. J'obéis à contrecœur. Aussitôt maman se glissa hors de son étreinte et m'arracha la veste des mains. Les larmes ruisselaient sur ses joues.

« Mais qu'est-ce qu'il y a ? demandai-je. J'ai bien compris que c'était la veste de Paul, mais je ne vois pas pourquoi je ne peux pas l'avoir. »

Papa me tapota bizarrement la joue de sa main sèche.

« C'était celle qu'il portait... quand il est mort », répondit-il dans un murmure.

On entendit un sanglot et maman s'essuya les yeux du revers de la main.

« Oh là là, quelle tête je dois avoir », gémit-elle. Elle jeta brusquement la veste et disparut dans la salle de bains.

« Ne t'inquiète pas, Jonas, dit papa. On en reparlera plus tard. Ce soir. Mais laisse maman partir, sinon elle va être encore plus triste. »

Peu après elle sortit de la salle de bains. Elle m'adressa un sourire un peu gêné et me caressa la joue. Sa main sentait le savon.

« Il faut que j'y aille maintenant. Else m'attend. Je reviens en fin d'après-midi. A tout à l'heure ! »

La porte se referma. Papa me regardait sans rien dire. Il me faisait penser à un petit garçon tout à coup, avec son air triste et embarrassé. Il caressa le daim brun clair. Puis il ouvrit la porte du placard et fourra la veste parmi les autres vêtements, sur l'étagère du haut. Il l'y enfonça presque avec force. Comme s'il faisait un effort sur lui-même.

Je pensai à Paul. Et à maman et papa. Et subitement je me sentis faible et tout tremblant. Comme pris de vertige. J'allai m'asseoir sur mon lit.

La mort de Paul était à nouveau tangible. Paul était tangible.

J'avais vu la veste qu'il portait lors de sa dernière promenade en forêt. Je l'avais même essayée. Ça n'avait rien d'étonnant si maman s'était mise dans tous ses états en me voyant.

Je pensai alors à la manche déchirée. Et si elle avait été abîmée lorsque Paul avait été percuté par le train ? Oui, ça devait être ça. Mais il y avait quelque chose qui n'allait pas. S'il avait eu la veste sur lui au moment de l'accident, elle aurait dû être en lambeaux. Comment était-il possible que celui qui la portait – mon propre frère – soit mort sous le choc, quand cette même veste s'en tirait avec un accroc à la manche ? Et d'ailleurs, comment avait-il pu ne pas remarquer le train qui arrivait à toute allure ? Ça s'entend, des moteurs qui grondent, des rails qui trépident. Et Paul était en plein sur la voie. C'est ce qu'avaient expliqué papa et maman.

Pourquoi tu ne t'es pas jeté sur le côté, Paul ? A quoi

étais-tu en train de penser ? Qu'est-ce que tu avais vu, là, dans la forêt ?

J'étais allongé sur mon lit, au bord des larmes.

Soudain un fredonnement parvint à mes oreilles. Cela venait du séjour.

Je me levai et ouvrit doucement la porte.

C'était papa.

Il fredonnait une chanson. Je ne reconnaissais pas la mélodie. Mais j'avais déjà entendu les paroles. J'avais souvent entendu les paroles.

It's the time of the season when your love runs high...

[illegible]

[illegible]

Je m'éloigne, parfois [illegible]
quet. Le [illegible]
[illegible]
passé. Comme [illegible]
penser à [illegible]

Je rêve souvent [illegible]
toujours [illegible]
[illegible]

[illegible]

Je te [illegible]
roman [illegible]
Vous êtes [illegible]
avec la [illegible]

— [illegible]

[illegible]
pas à ce [illegible]
[illegible]. Mais quand [illegible]
qui avait [illegible]
mais [illegible]
[illegible]

DEUX

Je m'étonne parfois que tu puisses encore me manquer. Le fait est que je ne t'ai jamais rencontré. Et pourtant tu me manques. Comme si je t'avais connu par le passé. Comme si je t'avais oublié et recommençais à penser à toi.

Je rêvais souvent de toi ; tu venais me voir et il faisait toujours nuit. Et tu me racontais des choses sans me parler réellement. Je ne connais pas le son de ta voix. Dans mes rêves nous conversons sans une parole. Et tu portes toujours – depuis que je l'ai trouvée au grenier – la veste en daim brun clair.

Ce soir-là nous parlâmes au salon. Papa, maman et moi.

« Je te demande pardon si je me suis emportée, dit maman. Ça m'a fait un choc de te voir... avec sa veste. Vous êtes tellement... Tu commences à lui ressembler. Il avait la même allure à quinze ans.

– Tu as cru que c'était lui ? demandai-je.

– Non, fit maman en souriant. Tu ne lui ressembles pas à ce point-là. Et d'ailleurs je ne crois pas aux fantômes. Mais quand même, c'était comme si c'était Paul qui avait franchi la porte. Ce n'était pas son visage... mais tu lui ressembles beaucoup. Je veux dire, on voit que vous êtes frères. Tu as la même façon de bouger que lui. Quelquefois... tu as les mêmes gestes que lui. Et avec cette veste... sa veste... »

Papa ne disait rien. Il était assis dans le canapé à côté de maman. Il regardait par la fenêtre, l'air absent ; et tambourinait du bout des doigts sur ses cuisses.

« Bien sûr que tu peux avoir cette veste si tu la veux, dit maman. De toute façon il t'en fallait une nouvelle. Mais il faudrait peut-être qu'on la fasse nettoyer.

– Il y a un accroc sur une des manches, dis-je. Mais tu pourras peut-être la raccommoder ? »

Maman resta silencieuse un instant. Je vis qu'elle réfléchissait à quelque chose. Elle releva la tête et chercha papa du regard ; il ne quittait pas la fenêtre des yeux. Alors elle se décida.

« Va chercher la veste, s'il te plaît », dit-elle.

Papa détacha son regard de la fenêtre quand je revins. Il regardait fixement la veste sur les genoux de maman.

« Oui, on devrait pouvoir la recoudre », dit-elle en passant ses doigts sur la manche.

Une question me brûlait les lèvres, mais je n'osais la poser. J'avais peur de lui faire à nouveau de la peine. Ses yeux rencontrèrent les miens. Elle souriait.

« L'accroc, là... ?

– Oui ?

– Je veux dire, c'était... quand il s'est fait écraser ? »

Elle secoua la tête. Papa recommença à tambouriner avec ses doigts.

« Je ne crois pas qu'il avait sa veste sur lui quand ça s'est passé. Il me semble qu'ils m'ont dit l'avoir retrouvée sur le bas-côté de la voie ferrée.

– Mais l'accroc, alors ?

– C'était avant. Il me semble qu'il était tombé de vélo.

– Oui, c'est ce qu'il me semble aussi, marmonna papa.

– Essaie-la. »

J'hésitai. La veste me parut plus froide que lorsque je l'avais trouvée.

« Essaie-la, Jonas », répéta maman.

Je la passai lentement.

« Oui, elle est vraiment belle, dit maman. C'est Daniel qui la lui a donnée pour ses treize ans. Ou pour ses quatorze ans, peut-être bien. »

Elle remarqua que je commençais à plisser les yeux.

« Viens, dit-elle. Viens, Jonas. Viens t'asseoir dans le canapé avec nous. »

Je m'assis entre mes parents. Au même moment les larmes commencèrent à couler.

« Mais mon petit garçon, dit maman. Il ne faut pas être triste. J'étais bouleversée, tu n'y es pour rien.

– Non, ce n'est pas ça, sanglotai-je. C'est seulement que j'aurais bien voulu le connaître. Vous parlez de lui, vous me racontez des choses à son sujet, mais vous en savez tellement plus que ce que vous voulez bien me dire. J'aurais voulu être son petit frère pour de vrai. Il m'aurait montré le terrier et les renardeaux et... plein d'autres trucs. Il aurait pu... on aurait pu faire tellement de choses ensemble. »

Maman me caressa les cheveux. Papa tapota doucement – presque maladroitement – ma jambe.

« Oui, je comprends, dit maman. Mais ce n'est pas possible. Il y a sûrement des milliers de gens qu'on aurait bien aimé rencontrer si seulement ils avaient vécu. Mais nous devons nous contenter de la compagnie de ceux qui vivent, de ceux qui sont encore en vie. C'est vrai qu'il me manque encore énormément. J'ai beau l'avoir vu tous les jours pendant plus de quinze ans, j'ai beau savoir qu'il est mort depuis bientôt aussi longtemps, ça n'empêche qu'il me manque toujours autant. Quelquefois j'en pleurerais. C'est... c'est comme si la douleur perdait en vigueur par moments ; on dirait qu'elle diminue pour se jeter à nouveau sur moi, de toutes ses forces. Presque comme un être vivant. Et j'y suis aussi peu préparée à chaque fois. Je suis littéralement assaillie. Aussi violemment que quand ça s'est produit. »

Elle essuya mes larmes avec ses doigts.

« Tu peux penser à lui, ou rêver de lui autant qu'il te plaira, poursuivit-elle, mais malheureusement tu ne feras jamais sa connaissance. Si ce n'est au ciel, bien entendu. Auquel cas tu le rencontreras. Et Stefan et moi le reverrons.

– Ne sois pas triste, ajouta gentiment papa. Tu ne dois pas laisser la douleur prendre le dessus. C'est pire encore.

– Mais je ne comprends pas, commençai-je. Pourquoi est-ce qu'il n'a pas sauté pour éviter le train ? Comment a-t-il pu ne pas l'entendre ? Je n'arrive pas à comprendre.

– Eh non, Jonas. Je ne comprends pas non plus. Et je me suis aussi posé la question. Mais Paul était souvent rêveur. Il pouvait regarder par la fenêtre sans fixer quoi que ce soit. J'imagine qu'il était dans ses rêves. Ou perdu dans ses pensées. Quelquefois j'étais obligée de répéter son nom à plusieurs reprises avant qu'il ne me réponde. Je ne sais pas, mais c'est peut-être comme ça que ça s'est passé. Peut-être qu'il se trouvait simplement là, sur la voie ferrée, tout perdu qu'il était dans ses pensées. Ou dans ses rêves. Et c'est pour cela qu'il n'a pas entendu le train. Enfin c'est la seule explication à laquelle je puisse arriver.

– Mais à quoi rêvait-il, alors ?

– Ça, je n'en sais rien, dit maman avec un sourire. Peut-être qu'il pensait à une fille qu'il avait rencontrée. Tu ne crois pas ? »

Cette nuit-là, je rêvai de mon frère.

Paul était assis sur la table de travail. Il portait la veste en daim brun clair. Près de lui – sur le dossier de la chaise – il y avait la même veste, mais c'était la mienne maintenant. Paul souriait quand je m'aperçus de sa présence. La fenêtre derrière lui était d'un noir d'encre.

« Salut Jonas, fit-il.

– Salut Paul.

– Tu rêves de moi ?

– Oui, répondis-je. Assez souvent.

– Et à présent ? demanda Paul.

– Aussi, je crois. »

Il rit et se pencha en avant.

Je m'assis dans le lit, les jambes relevées, et enlaçai mes genoux.

Paul saisit le rebord de la table des deux mains ; il prit appui et se pencha encore plus avant.

« Fais attention, m'écriai-je. Tu vas tomber ! »

Il répondit par un éclat de rire.

« Je ne vais pas tomber », dit-il en se laissant choir vers le sol.

Mais il ne tomba pas à terre. Au lieu de cela il s'étira dans l'air, ses mains touchaient presque le plafond. L'espace d'un instant il fut tout à fait immobile ; il flottait bel et bien entre sol et plafond. Soudain il fut près de mon lit.

Il se pencha au-dessus de moi et me sourit.

« Petit frère », dit-il.

Je tendis la main pour le toucher, mais au moment où mes doigts allaient effleurer sa veste, il s'éloigna comme par enchantement. Il se tenait maintenant face à la fenêtre.

« A quoi rêvais-tu quand tu te trouvais sur la voie ferrée ? » demandai-je.

Paul se retourna et me dévisagea. Puis il se mit à rire et ouvrit toute grande la fenêtre. Un vent glacial s'engouffra dans la pièce, et je dus me réfugier sous la couette.

« A quoi rêvais-tu ? » criai-je assez fort pour que ma voix couvre celle du vent.

« A des papillons ! » cria Paul.

Et par la fenêtre grande ouverte, ce ne fut plus qu'un bruissement de papillons argentés qui emplirent ma chambre de leur scintillement. Je m'efforçai, en vain, d'entrevoir mon frère au travers des milliers d'ailes.

Mais je m'éveillai brusquement.

Dehors il faisait aussi noir que dans mon rêve. Sur le dossier de la chaise, je discernai le col de sa veste qui était la mienne. Mais Paul n'était plus là.

J'allumai ma lampe de chevet, me levai et allai chercher la veste. Elle était froide et raide. Je la pris avec moi dans mon lit, empilai les oreillers contre le mur et m'assis confortablement.

Je tenais la veste devant moi. Je la humai. Mais ne décelai rien que l'odeur du daim. Il n'était plus là.

J'examinai la veste ; les boutons brillaient d'une lueur jaune cuivre à la lumière de la lampe. Je touchai du doigt les lettres en relief sur l'un des boutons : Lee. Je passai mon index sur les coutures jaunes, le long de la rangée de boutons et autour des deux poches plaquées sur le devant.

Les poches de devant !

J'ouvris la première. Il y avait un bout de papier tout au fond. Je le retirai de la poche. C'était un paquet de chewing-gum vide d'une marque que je ne connaissais pas. Et effectivement, le papier froissé sentait encore la menthe.

J'ouvris l'autre poche. Je tressaillis en réalisant qu'il y avait une feuille de papier à l'intérieur. Elle était pliée, et je vis qu'elle avait été fermée par un morceau de scotch ; à cet endroit précis, le papier avait jauni. Je dépliai la feuille avec précaution.

C'était une lettre.

Une lettre d'une écriture un peu penchée et à l'encre rouge.

Salut Princi !

Je n'aurais jamais cru que tu répondrais à ma lettre. Quel bonheur de trouver ta lettre dans la boîte ! Maman et papa étaient assis en face de moi quand je l'ai lue, au petit déjeuner. Ils ont ri et m'ont demandé si j'avais reçu une lettre d'amour, mais ils n'ont pas cru à ma réponse. J'ai seulement ri. Samedi les vacances commencent. Maman et papa vont au bord de la mer, dans notre petite maison. Mais moi je reste en ville pour le week-end. Seul ! Que dis-tu de venir chez moi ? Demande à tes parents si tu peux dormir à la maison. Réponds vite. (Téléphone !) Je veux que tu viennes. Car je t'aime bien.

P.S.

Je retournai la feuille mais il n'y avait rien au verso. Je relus encore une fois. Qui était Princi ? Pourquoi n'y avait-il ni post-scriptum ni signature ? Et pourquoi la lettre destinée à Princi était-elle dans la poche de mon frère ?

Je rangeai la lettre dans mon coffret à secrets et remis la veste sur le dossier.

« Est-ce que vous connaissez quelqu'un qui s'appelle Princi ? demandai-je à mes parents au petit déjeuner.

– Princi ? Ça doit être un nom étranger. C'est comme ça qu'on prononce ?

– Je ne sais pas, répondis-je. J'ai lu ça quelque part, c'est tout.

– Non, je n'ai jamais entendu ce nom-là, dit maman. Est-ce que ça ne serait pas plutôt un mot ? Prin... principe, ou quelque chose comme ça ?

– Non, dis-je. Ça doit être un nom. Je l'ai vu quelque part dans une lettre.

– Je ne sais pas, moi, dit maman. Mais va voir à la bibliothèque. Ils ont sûrement un dictionnaire des noms et prénoms. Ou une encyclopédie.

– Oui, sûrement. Mais je voudrais savoir ça maintenant, et ils n'ouvrent pas avant lundi.

– Appelle donc Daniel ! s'écria maman. Ou va chez lui. Ça lui fera plaisir. Il demande souvent de tes nouvelles. Vous ne vous voyez pas très souvent en ce moment. »

Papa la regarda d'un air irrité.

« Tu penses vraiment que c'est bien qu'il aille là-bas ? » demanda-t-il à voix basse.

Je vis à ses yeux qu'elle était en colère.

« Qu'est-ce que tu insinues ? dit-elle. Pourquoi est-ce que ça ne serait pas bien ? Daniel est beaucoup trop seul. Justement, c'est bien que Jonas aille lui dire bonjour. »

Papa se tut, mécontent.

Je ne disais rien et attendais. Je ne comprenais pas pourquoi il s'inquiétait autant pour moi. Il avait toujours été comme ça. Et particulièrement quand je devais voir Daniel. Peut-être s'imaginait-il que Daniel allait me faire boire de l'alcool. Je ne sais pas.

« Je trouve que tu devrais y aller, dit maman. Ça lui ferait tellement plaisir. »

Daniel avait grandi dans la même rue que maman, et ils s'étaient toujours connus. Quand ils étaient petits, ils étaient constamment ensemble ; ils jouaient tous les deux, allaient dans la même école, habitaient tout près l'un de l'autre et s'aidaient dans leurs devoirs, bien qu'une année les séparât. Plus tard, ils passaient des soirées entières dans un petit club de jazz en ville. C'est d'ailleurs là que papa et maman s'étaient rencontrés.

Maintenant que j'avais quatorze ans, Daniel était retraité pour cause de maladie. Maman m'avait expliqué qu'il buvait déjà beaucoup quand ils étaient jeunes, mais que ça avait empiré environ un an avant ma naissance. Il avait alors commencé à boire pratiquement chaque jour. « Mais il faisait toujours son travail », ajoutait maman. Et régulièrement papa protestait avec mépris : « Aller au boulot avec la gueule de bois, tu appelles ça faire son travail, toi ? » Il s'ensuivait d'ordinaire une discussion des plus animées.

Ce n'est que quand il eut du mal à marcher qu'il fut déclaré inapte au travail. Et malgré les prédictions de papa, qui pensait que Daniel finirait ivrogne, il but de fait un peu moins.

Je frappai à sa porte.

« Entrez ! » cria-t-il.

Son visage s'illumina quand il me vit ; il m'avait toujours bien aimé. Mais, une fois dans l'entrée, il me sembla aussi déceler autre chose sur son visage, une ombre qui disparut aussi vite qu'elle était apparue.

« Salut, Jonas, dit-il. C'est sympa de passer. »

Il se leva du fauteuil et trébucha jusqu'à moi. Sa main caressa mon épaule puis, doucement, mes cheveux.

« Tu commences à avoir les cheveux longs », dit-il en souriant.

Son regard se posa sur la veste.

« Tu la reconnais ? » demandai-je.

Il acquiesça en silence.

« Oui, bien sûr que je la reconnais, fit-il d'une voix sourde. C'est moi qui l'ai donnée à Paul. C'était pour ses treize ans.

– Oui, je sais. Papa m'a raconté que tu avais dit “Joyeux anniversaire, l'ado” en la lui donnant. »

Daniel sourit.

« Ah oui. C'est vrai. J'avais oublié. » Il se tut un instant. « Alors comme ça Stefan s'en est souvenu... Comme quoi ! Mais on ne va pas rester là. Viens t'asseoir. Tu veux boire quelque chose ?

– Oui, je veux bien, dis-je en m'asseyant dans le canapé.

– Mets un disque si tu veux », dit Daniel avant de disparaître dans la kitchenette.

Je me levai et entrepris de choisir un disque. Daniel avait toute une collection de vieux disques de jazz des années 40 et 50 ; la plupart des artistes m'étaient totalement inconnus. Finalement j'en pris un au hasard.

Daniel m'appela de la kitchenette : « Jonas, viens m'aider, s'il te plaît. Je risque d'en renverser partout si je porte ça moi-même. »

Il sourit en versant le café.

« Alors comme ça tu aimes Bill Evans ?

– Comment ? »

Daniel rit.

« C'est ce qu'on écoute en ce moment. »

Je pouffai.

« Je ne sais pas. J'ai seulement pris ce qui se présentait. »

Nous bavardâmes un moment. Puis il demanda s'il y avait une raison particulière à ma visite.

« Oui et non, enfin pas vraiment, mentis-je. Mais maman m'a dit que tu avais peut-être un dictionnaire des noms et prénoms. Tu sais, un de ceux qui donnent la signification des noms, entre autres. J'ai trouvé un nom que je n'ai jamais entendu.

– Ah bon ? Et quel est ce nom ?

– Princi. »

Dans un premier temps il sembla impassible, tira lentement une bouffée de sa cigarette. Puis je vis sa main trembler subitement, il me jeta un coup d'œil furtif avant de détourner son regard en direction de la fenêtre. Il répéta alors ce que je venais de dire, mais en le prononçant différemment.

« Comment es-tu tombé sur ce nom ? demanda-t-il au bout d'un moment.

– C'était dans un papier que j'ai trouvé, commençai-je. Ou une lettre, plutôt.

– Une lettre », grommela Daniel.

Il se tut. La fumée de sa cigarette s'élevait en volutes vers le plafond.

« Tu reconnais ce nom ? demandai-je. Tu l'as déjà entendu ? »

Il me dévisagea. Fit un signe de tête.

« Oui, commença-t-il. Je le reconnais. Mais ce n'est pas un nom, en fait.

– Hein ?

– Non. »

J'attendais qu'il poursuive, mais il restait silencieux.

« Qu'est-ce que c'est, alors ?

– C'est un mot, répondit-il. Ce n'est qu'un mot.

– Un mot ? Mais qu'est-ce que ça veut dire, alors ?

– C'est du tchèque, dit Daniel, et ça signifie *prince*.

– Prince ? »

Je ne me rappelle pas si je fus d'abord stupéfait avant

d'être heureux, ou si c'était l'inverse. Je fus stupéfait de la signification du mot, elle me sembla tellement évidente au moment où Daniel la donna. Et je fus heureux ; la lettre pouvait donc avoir été écrite par quelqu'un qui appelait mon frère Prince. La lettre pouvait avoir appartenu à mon frère.

Je pris conscience que Daniel m'observait avec insistance.

Je baissai les yeux.

« Où l'as-tu trouvée ? demanda-t-il.

– Au grenier », répondis-je, non sans hésitation.

Une mélodie prit fin sur le disque et un silence vibrant se répandit dans la pièce.

Daniel savait quelque chose au sujet de la lettre, ou du moins sur celui qu'on appelait Princi. Et j'avais l'impression d'avoir été pris en faute ; je n'avais pas eu l'intention de lui raconter où j'avais lu le nom inconnu. Mais pourquoi Daniel était-il aussi silencieux ?

Enfin le morceau suivant commença, un piano seul joua les premières notes d'une mélodie mélancolique. Après quelques mesures, le battement d'une batterie et une guitare basse vinrent se joindre à lui.

« Eh oui, Jonas, commença Daniel. On croit avoir oublié, et puis tout à coup les vieux souvenirs vous tombent dessus à l'improviste. On croit être à l'abri. On croit... que ce qui s'est passé autrefois n'a plus d'importance. Mais c'est faux. C'est tellement faux. Car tôt ou tard, ça remonte à la surface. On se souvient. Et du coup le passé n'est plus du tout quelque chose d'éloigné, quelque chose de révolu. »

Il se tut. Son visage était parfaitement immobile ; ses

yeux regardaient par la fenêtre – au travers de la pièce – sans avoir l'air d'être posés sur quoi que ce soit. Comme Paul sur la photographie prise à l'école ; il était là, et pourtant il était absent.

« Est-ce que c'est Paul qu'on appelait Princi ? » demandai-je.

Daniel acquiesça en silence.

« Qui est-ce qui l'appelait Princi ? »

Daniel se pencha brusquement en avant et cacha son visage dans ses mains. Je crus, l'espace d'un instant, qu'il allait se mettre à pleurer. Je le considérai avec épouvante. Mais il se redressa et me regarda. Il poussa un profond soupir. Il avait les yeux rouges.

« Ton frère Paul était l'un des êtres les plus exceptionnels qu'il m'ait été donné de rencontrer. Dieu sait si je l'aimais bien. Et pourtant il est devenu, après sa mort, le pire fantôme qu'on puisse imaginer. Il ne se passe pas un jour sans que je pense à lui.

– Qu'est-ce que tu veux dire par "il est devenu le pire fantôme qu'on puisse imaginer" ? »

Daniel rit en silence.

« Oui, tu trouves peut-être que c'est ridicule que j'emploie ce mot-là. Je ne veux évidemment pas dire que Paul hante la maison recouvert d'un drap blanc. Non, c'est dans mes cauchemars qu'il fait irruption. Je... je ne devrais peut-être pas te raconter ça... Je ne sais pas. Mais tu vois, c'est comme si c'était moi qu'il accusait de ce qui s'est passé. Comme si c'était ma faute. Et j'essaie toujours de lui faire dire pourquoi ce serait moi le coupable. Mais il ne répond jamais. En rêve, je veux dire. Il me regarde seulement de ses grands yeux...

– Mais pourquoi serais-tu coupable de la mort de Paul ? demandai-je peu après. Je ne comprends pas. Il s'est fait écraser par un train. Seulement parce qu'il pensait à autre chose. Une fille ou quelque chose... »

Daniel soupira et me regarda.

« Non, Jonas, ce n'est pas ce que je veux dire. Ce n'est pas de ça qu'il m'accuse.

– De quoi, alors ? »

Il hocha la tête.

« Je ne peux pas te le dire. Pas maintenant en tout cas.

– Qui est-ce qui l'appelait Princi ? Ça au moins tu peux me le dire ?

– Non, en fait je ne peux pas. Parce que je ne le sais pas.

– Mais je croyais que tu... »

Il ne me laissa pas finir. « Je ne sais pas, Jonas. Un jour... c'était quelques mois avant sa mort, Paul était ici, et il était tellement heureux. Presque... presque euphorique. » Il se tut et promena son regard sur les rayonnages.

« En fait j'ai pris une photo de lui ce jour-là. Je vais te montrer. »

Il se leva et se dirigea lentement vers l'étagère.

« Voyons voir », murmura-t-il en commençant à feuilleter un album-photo. « Oui, voilà. C'est celle-là. »

Et c'était bien toi, Paul ; tu es assis dans un fauteuil devant la fenêtre. Tu portes la veste en daim brun clair. Tu croises les bras sur ta poitrine ; l'accroc sur la manche droite est bien visible. Et tu souris sur la photo. Tu ris et tu as les yeux étincelants. Je ne t'ai jamais vu aussi heureux. Tu as les yeux étincelants et tu regardes droit dans l'objectif.

« Comme il est heureux, dis-je.

– Oui, il était vraiment heureux ce jour-là. C'est pour ça que je voulais le prendre en photo. Tu comprends, il n'était pas toujours aussi heureux, ton frère. Il se sentait souvent... déprimé et seul.

– Seul ? Mais il avait plein de copains. Et tout le monde l'aimait bien.

– Oui, c'est vrai. Mais malgré tout, il se sentait souvent triste et seul. Ça peut arriver même quand on a des amis, n'est-ce pas ?

– Oui, peut-être. »

Je regardai à nouveau la photographie.

« Tu as vu, chuchota Daniel. Tu as vu comme il était beau. Il avait des yeux absolument magnifiques. Quand il riait...

– Quoi donc ?

– Eh bien... c'était contagieux. De le voir rire et sourire, ça faisait chaud au cœur.

– Comme quand on est amoureux de quelqu'un », commentai-je.

Son regard croisa le mien.

« Oui, répondit-il lentement, comme quand on est amoureux de quelqu'un.

– Mais pourquoi était-il si heureux ce jour-là ? »

Daniel sourit.

« Vois-tu, il se trouve que quelqu'un s'était épris de ce sourire. De ces yeux. Quelqu'un d'autre. C'est ce qu'il voulait me raconter ce jour-là. C'était la raison de sa visite. Il voulait m'annoncer qu'il était amoureux. Qu'il avait rencontré quelqu'un. C'est pour ça qu'il était si heureux.

– Raconte.

– Mm, il n'a pas dit grand-chose de plus. Il m'a simplement avoué qu'il était tombé amoureux. Je ne sais pas dans quelles circonstances ils s'étaient rencontrés. Je ne crois pas qu'il me l'ait dit. Mais je me rappelle qu'ils devaient aller voir un feu de Walpurgis ensemble. Paul avait même acheté des pièces d'artifice, malgré l'interdiction de Sara j'imagine. Elle était toujours angoissée à l'idée qu'il puisse lui arriver du mal.

– Je sais, dis-je. Elle l'est toujours. Mais qui est-ce qu'il avait rencontré ? Comment s'appelait-elle ? »

Daniel ne répondit pas tout de suite.

« Je ne sais pas qui il avait rencontré. Je ne me rappelle pas que Paul ait mentionné de nom. Mais il m'expliqua que cette nouvelle connaissance l'appelait Princi. Il souriait en disant cela. Et m'expliqua que c'était le mot tchèque pour prince. Je me souviens avoir pensé que ce nom lui allait parfaitement.

– Mais tu ne lui as pas demandé *qui* il avait rencontré ?

– Non, je ne l'ai pas fait. Mais j'ai demandé à Paul comment *lui* il appelait cette personne dont il était tombé amoureux.

– Et qu'est-ce qu'il a répondu ? »

Daniel sourit.

« Il n'a rien dit. Il a seulement répondu par un sourire et il a fait ça. »

Daniel posa son index sur mes lèvres. « Chut ! »

« Qu'est-ce qu'il voulait dire par là ?

– Je ne sais pas. Je suppose qu'il ne voulait pas me le dire. »

Il se mit à feuilleter l'album-photo. Ici et là, il me montrait une photo du doigt et m'expliquait ce qu'elle représentait. Une des pages différait des autres ; les quatre photographies étaient encadrées d'un trait noir. C'étaient les photos de l'enterrement de mon frère.

Le cercueil blanc apparaissait sur toutes les photos. Papa et maman aussi, même si je ne reconnaissais que papa. La femme qui se tenait à ses côtés – maman – portait une voilette noire qui cachait son visage.

J'étais à la recherche de quelqu'un d'autre, d'un visage inconnu.

« Tu crois qu'elle est sur une des photos ? demandai-je.

– Qui ?

– Celle dont Paul était amoureux », expliquai-je.

Daniel secoua doucement la tête.

« Non, Jonas. La personne dont Paul était amoureux n'était pas à l'enterrement.

– Ah bon ? Comment cela ? Ils n'étaient plus ensemble ? »

Daniel ne répondit pas. Au lieu de cela il se pencha pour attraper une cigarette. Je continuais à le questionner pendant qu'il l'allumait.

« C'est ça ? Ils n'étaient plus ensemble ? Ils n'étaient plus amis ?

– Tu poses beaucoup de questions.

– Mais je veux savoir, dis-je en balayant la fumée. Pourquoi tu ne m'expliques pas ? »

Il rit en silence.

« Ce n'est pas pour faire le mystérieux. Mais parfois il vaut peut-être mieux ne pas tout raconter. Du moins pas tout d'un coup. Je t'ai déjà dit beaucoup de choses. Je peux peut-être te raconter la suite une autre fois. Plus tard. Si ça t'intéresse toujours.

– Mais tu ne peux pas...

– Non. Pas maintenant.

– Mais je veux seulement... »

Daniel soupira.

« S'il te plaît, Jonas, je ne veux rien dire d'autre pour le moment. Il faut que tu l'acceptes, un point c'est tout.

– D'accord, rétorquai-je d'un ton maussade, mais je voudrais bien savoir. Ce que j'aurais voulu par-dessus tout, c'est me souvenir moi-même de Paul et de tout ce qui lui est arrivé. Mais je ne peux pas. Et donc je dois interroger ceux qui l'ont connu. Ceux qui l'ont rencontré. » Je m'interrompis et regardai Daniel du coin de l'œil. « S'il te plaît, tu peux raconter encore un peu. »

Daniel se pencha alors vers moi et fis taire mes lèvres en posant son index dessus.

« Chut ! »

TROIS

Je trouvai un petit mot sur la table de la cuisine en rentrant.

Jonas,

Nous sommes allés faire des courses. Nous passerons sûrement chez mamy et papy. Nous serons de retour vers huit heures.

Tu as de la soupe dans une casserole, fais-la réchauffer si tu as faim.

Maman

Je regardai l'heure. Cinq heures et quart. Non, je n'avais pas encore faim.

J'allai chercher la clé du grenier.

La valise bordeaux était là où je l'avais laissée, juste à côté de la porte. J'étais dans un état d'esprit quasi religieux. J'empoignai le pantalon gris et les autres vêtements et les posai sur le buffet.

Quand la lumière s'éteignit, j'allumai ma lampe de poche. Je m'emparai alors de tous les livres. Je reconnaissais une partie des titres ; je les avais empruntés à la bibliothèque. Je mis de côté ceux que je n'avais pas lus.

Puis je pris le premier album-photo. A l'intérieur de la couverture, quelqu'un avait inscrit : *Cet album-photo appartient à Paul Lundberg. 4 novembre 1967.* L'écriture m'était familière. C'était celle de maman.

Les premières pages étaient couvertes de photographies de classe. J'éclairai de ma lampe les photos en noir et blanc, à la recherche de mon frère. Il souriait sur la photo de classe du cours préparatoire. Sur les autres photos son visage était plus sérieux. Je ne trouvai pas de photo de la classe de CM2. Mais à côté de celle de sixième, il y avait un double de la photo posée sur la télé.

Je continuai à feuilleter. Daniel figurait sur plusieurs photos ; sur la première il était sur une plage et riait. Il avait l'air tellement jeune. Sur la photo suivante, il tenait un appareil photo et faisait mine de prendre le photographe.

Suivaient plusieurs photos de Paul que je n'avais jamais vues. Sur la première il était assis seul sur un rocher, en bordure de la plage. Il portait un short de bain à carreaux. Une grande serviette de bain pendait sur ses épaules. Il souriait en direction de l'objectif.

Sur la deuxième photo, il était en compagnie de Daniel ; ils étaient assis l'un à côté de l'autre, sur le rocher. Daniel riait. Paul souriait. Et le bras de Daniel était posé sur les épaules de mon frère.

Je reconnaissais le reste des photos pour les avoir vues dans l'album de papa et maman ; des anniversaires, des réveillons de Noël. J'examinai attentivement les photos prises le jour des treize ans de Paul. Enfin je la vis. Sur une photo de maman et de Paul. Une photo prise dans la cuisine. Et là, sur la table, derrière ma mère et mon frère, j'aperçus la veste en daim brun clair. Juste à côté il y avait un cendrier ; une cigarette s'y consumait et une mince colonne de fumée s'élevait dans l'air. Ça devait être celle de Daniel.

J'approchai l'album de mes yeux et interrogeai le visage de Paul. Il avait l'air d'être heureux. Et je vis qu'effectivement nous nous ressemblions ; je voyais clairement que nous étions semblables. Comme les frères que nous aurions pu être...

J'ouvris alors le deuxième album. Une fois encore maman avait écrit le nom de Paul à l'intérieur de la couverture. Et une date. *28 décembre 1968.* Peut-être l'album était-il un cadeau de Noël tardif.

La première photo représentait mes parents. Nos parents. Ils posaient bras dessus, bras dessous, devant la porte du garage situé à l'autre bout de la cour. Ils riaient et regardaient droit dans l'objectif. Papa avait les cheveux longs et des pattes. A la droite de nos parents se profilait le capot d'une vieille Volvo toute sale.

Je tournai alors la page.

La photographie d'un garçon que je ne connaissais pas occupait tout un recto. Elle était prise à l'extérieur. A l'arrière-plan, je distinguais de la neige et quelque chose qui avait l'air d'être un petit pavillon. Le garçon pouvait avoir quatorze-quinze ans. Ses cheveux noirs étaient raides. Il souriait. Il portait une veste épaisse, de couleur sombre, visiblement usée. Les boutons du haut n'étaient pas fermés. Et ce col déboutonné laissait voir un cou bien trop dénudé pour le froid environnant. Pourtant il n'avait pas l'air d'avoir froid. Il souriait, et ses yeux sombres brillaient en direction du photographe. Comme tu es beau, pensai-je. Je lus alors l'annotation en marge de la photographie : Kammarviken, mars 1969. *Petr je tady**.

---

* *Cf.* en fin de volume le glossaire des mots et expressions tchèques.

« *Petr je tady* ? chuchotai-je. Qu'est-ce que ça veut dire ? »

Sur la double page suivante, il y avait quatre photos en noir et blanc ; la première te représentait, Paul. Elle était prise dans ma chambre. Ou plutôt la tienne. Tu es devant ton bureau, un bras posé sur le dossier de la chaise. La photo doit avoir été prise de la porte qui donne sur le couloir. Tu regardes le photographe. Dans tes yeux, sur tes lèvres, on devine ce même sourire énigmatique que sur la photo posée sur la télé. Tu tiens un cahier dans l'autre main. Un cahier comme ceux que j'utilisais à l'école primaire, mais plus épais.

Sur la deuxième photo, tu es nu ; tu es surpris par le photographe alors que tu sors d'une salle de bains. Tu as les cheveux mouillés et tout ébouriffés. Dans ta main droite, tu tiens ce que je suppose être une serviette, ton bras bouge et la photo est un peu floue à cet endroit précis. Tu essaies peut-être de dissimuler ton corps aux yeux du photographe. Tu as l'air d'un petit garçon, hormis la pilosité de ton sexe.

La troisième photo est un paysage de bord de mer. Les vagues déferlent sur un rocher dans un fracas d'écume. Un pin martyrisé par le vent se tord dans la tempête. On devine des nuages d'orage dans le ciel.

Enfin – sur la quatrième photo – on revoit le garçon de la photographie prise en hiver. Il est accroupi sur le rocher. Le vent souffle dans ses cheveux et il cligne des yeux. Il regarde en direction de la mer et des vagues. Une sacoche est posée près de lui, il tient la courroie dans sa main.

Aucune des quatre photos n'avait de légende. Mais

j'avais le sentiment qu'un fil rouge les reliait les unes aux autres, même si je ne faisais – pour l'instant – que le pressentir.

Je décidai de retourner dans l'appartement. Je voulais être rentré avant que papa et maman ne reviennent.

Ils n'étaient pas encore là. La pendule de la cuisine indiquait sept heures moins vingt. J'allai dans ma chambre.

Je posai les livres sur la table. Puis je cherchai un endroit où dissimuler les albums-photos. Exactement : les dissimuler. Car j'avais le sentiment de fourrer mon nez dans quelque chose de défendu, et je ne voulais pas que papa et maman le découvrent.

Je plaçai les albums tout au fond de la penderie. Avant de les cacher sous les vêtements et les objets qui y traînaient habituellement, je contemplai une dernière fois la photo de Paul sortant de la salle de bains.

Cette photo avait quelque chose d'étrange ; cela me faisait drôle dans le ventre de voir à quel point la similitude était grande entre lui et moi. J'avais envie de le toucher, de toucher son corps. Ou le mien.

Ce soir-là, dans mon lit, je repensai à ce que Daniel m'avait raconté. Je voyais bien qu'il avait réponse à plusieurs des questions que je lui avais posées. Mais je ne comprenais pas pourquoi il ne voulait pas tout me dire.

Avant d'aller me coucher, j'avais passé un moment à discuter avec maman dans la cuisine.

« J'étais chez Daniel aujourd'hui, lui dis-je.

– Ah bon, tu y es allé finalement. C'est bien. Il a pu t'aider ?

– M'aider ?

– Au sujet de ce nom, Princi, n'est-ce pas ?

– Ah oui. Il savait ce que c'était. Mais ce n'était pas un nom. C'était ce que tu croyais. Seulement un mot. Même s'il semble que quelqu'un s'en soit servi comme d'un surnom pour quelqu'un d'autre.

– Que fabriques-tu au juste ? demanda-t-elle.

– Qu'est-ce que tu veux dire ?

– Tu es préoccupé par quelque chose. Je le vois bien. Tu as la même tête que quand tu fais des mots croisés ou quand tu joues aux échecs. Ça m'a frappée quand nous sommes rentrés tout à l'heure. Sauf qu'il n'est manifestement question ni de mots croisés ni d'échecs. Ça, au moins, c'est clair. Qu'est-ce que tu essaies de résoudre ? Est-ce que je peux t'aider en quoi que ce soit ? »

J'hésitai avant de répondre.

« Je ne sais pas. Peut-être. »

Maman sourit.

« Peut-être, dis-tu. Je peux peut-être t'aider. Et de quelle façon ?

– Je ne sais pas exactement, répondis-je. Il te suffit peut-être de me parler. »

Elle plaisanta.

« Te parler ? Mais n'est-ce pas ce que nous faisons tout le temps ? Y compris maintenant ! Mais tu peux y aller, interroge-moi.

– Hier, quand on parlait de Paul, tu m'as dit qu'il pensait peut-être à une fille qu'il avait rencontrée, commençai-je. Sais-tu qui était cette fille ? »

Maman secoua la tête.

« Non. Je ne sais même pas s'il voyait quelqu'un.

– Mais c'était bien ce que tu croyais, non ? Qu'il pensait à une fille ?

– Je n'en sais rien, répondit-elle. J'ai dit ça comme ça. Paul ne m'a jamais parlé d'une fille qu'il avait rencontrée. Je veux dire une fille en particulier. Je n'en ai pas souvenir, en tous les cas. Je ne sais pas à quoi il pensait. Ce n'était qu'une supposition de ma part ; peut-être que c'était une fille qui occupait ses pensées à ce moment-là. Ou alors c'était tout autre chose. Je ne sais pas.

– Ça lui arrivait souvent ? Il était souvent rêveur ?

– Oui, on peut le dire. » Elle observa une courte pause. « Stefan et Paul étaient bien les mêmes pour ça. Et tu sais comment est ton père. Ça arrivait donc assez souvent.

– Tu crois qu'il était triste ? demandai-je. Tu crois que c'est pour ça qu'il avait la tête ailleurs ?

– Triste, murmura-t-elle. Non, je ne crois pas qu'il était particulièrement triste. Qu'est-ce qui te fait penser ça ? Ce n'était pas son habitude d'être particulièrement triste. Pas plus qu'un autre en tout cas. »

Je détournai mon regard du sien.

« Daniel m'a dit qu'il arrivait à Paul d'être triste quelquefois, dis-je tout bas.

– Daniel, chuchota-t-elle. Ah ! »

« Oui, poursuivit-elle peu après, c'est peut-être vrai. Mais ici, à la maison, il était plutôt gai. Et nous parlions beaucoup, Paul et moi. D'un tas de choses. Mais lorsqu'il était chez Daniel, alors peut-être...

– Peut-être que quoi ? »

Maman soupira.

« Je ne sais pas. Tu dois déjà avoir remarqué toi-même que Daniel est loin d'être ce qu'on appelle quelqu'un d'heureux. Je veux dire qu'il est souvent déprimé. Presque dépressif, même. Et Paul était assez souvent en compagnie de Daniel. Peut-être que Paul racontait plus volontiers ce qui l'attristait quand il était avec lui. C'est-à-dire que l'ambiance chez Daniel se prêtait peut-être plus à cela, à discuter de choses tristes, d'idées noires.

– Daniel était déjà triste quand vous étiez jeunes ? demandai-je.

– Daniel a toujours été un peu mélancolique. Ça doit être dans sa nature, je suppose. Mais je l'ai toujours bien aimé. Beaucoup aimé.

– Et pourquoi est-il triste ? »

Elle hocha la tête.

« Ecoute, Jonas, tu n'as qu'à lui poser la question, si tu veux vraiment le savoir. Je ne tiens pas à discuter ici de ses sentiments à lui. J'aurais l'impression de le trahir. Tu comprends ?

– Oui. »

Nous restâmes silencieux un instant. Du salon on entendit le générique d'une émission de télé. Je regardai par la fenêtre de la cuisine et repensai à mon rêve.

« Est-ce que Paul s'intéressait aux papillons ? »

Maman s'esclaffa.

« Petit Jonas, tu m'étonneras toujours. Qu'est-ce qui te fait croire ça ? »

Je souris, un peu gêné.

« C'est seulement quelque chose que j'ai rêvé. »

Elle tendit la main et caressa ma joue.

« Tu es trop mignon, dit-elle. Mais malheureusement

je ne crois pas qu'il ait été intéressé par les papillons en particulier. Il s'intéressait à tout ce qui touchait à la nature ; aux mammifères, aux plantes, aux oiseaux, aux insectes repoussants et aux baleines. Et sûrement aussi aux papillons. » Elle s'arrêta.

« Qu'as-tu rêvé ?

– J'ai rêvé que Paul était dans ma chambre. Et dans mon rêve je lui ai demandé à quoi lui rêvait, et il m'a répondu qu'il rêvait à des papillons. C'est tout. Après je me suis réveillé. Enfin, non. Ensuite il a ouvert la fenêtre et des milliers de papillons sont entrés dans ma chambre. »

Maman sourit un peu mélancoliquement.

« C'est un beau rêve.

– Qu'est-ce qui faisait que Paul était triste, d'après toi ?

– Je ne sais pas.

– Tu ne l'as jamais vu triste ?

– Si, bien sûr. Mais ce n'était pas quelque chose qui se produisait fréquemment, qui semblait durable. Pas du tout. Mais évidemment, il m'est arrivé de le voir triste. »

Subitement quelque chose lui vint à l'esprit.

« Tiens, justement, Paul était triste la dernière nuit. Ça me revient maintenant. C'est étrange. C'est quelque chose que j'avais quasiment oublié.

– Quoi donc ? Pourquoi était-il triste ?

– Il avait fait un cauchemar, expliqua-t-elle. J'ai été réveillée par ses pleurs. Je suis allée dans sa chambre. Et en entrant j'ai vu qu'il pleurait dans son sommeil. Il n'était pas réveillé. Je me suis assise sur le rebord du lit et je lui ai chuchoté quelque chose pour le consoler. Son nom, je crois. Et là il s'est réveillé. Oh ! Il était vraiment triste. Comme un petit enfant abandonné. Je lui ai demandé pourquoi il pleurait. Alors il m'a dit : "J'ai fait un rêve effroyable." Je me rappelle avoir essuyé les larmes de ses joues et lui avoir demandé ce qu'il avait rêvé. »

Maman avait elle-même les larmes aux yeux. Je me penchai en avant et lui pris la main.

« Qu'est-ce qu'il a répondu ? demandai-je.

– Il m'a dit "J'ai rêvé que mon château brûlait". C'est ça, c'est ce qu'il m'a dit. "J'ai rêvé que mon château brûlait et que tous ceux qui y habitaient mouraient carbonisés." » Maman se mit à pleurer.

Je lui pris la main.

« Maman... » chuchotai-je tout doucement. Les traits de son visage étaient effacés par mes propres larmes.

Papa entra dans la cuisine.

« Qu'y a-t-il, chérie ? » demanda-t-il, inquiet. Il s'accroupit à côté de maman.

« Oh ! Rien, fit-elle dans un sanglot. Je viens de penser à Paul. Et ça m'a... mais ce n'est rien. »

Papa soupira et me fusilla du regard.

« Vous êtes obligés de parler de lui ? questionna-t-il.

– On a seulement... » commençai-je, mais maman me coupa la parole.

« Non, on n'est pas obligés. J'ai seulement repensé à la dernière nuit de Paul. Tu te rappelles ? Tu te souviens qu'il avait fait des cauchemars cette nuit-là ? »

Papa fit un signe de tête en lui caressant la main.

« Oui, bien sûr que je m'en souviens, murmura-t-il.

– Ça m'était presque sorti de l'esprit, dit maman en

essuyant ses larmes. Et là, tout à coup, quelque chose a fait que je m'en suis souvenue. C'est étrange. Peut-être est-ce parce que Jonas m'a raconté son rêve. Mais ça va mieux, maintenant. Ça m'a seulement rendue un peu triste.

– C'est sûr ? » demanda papa.

Maman sourit.

« Oui, oui. Maintenant ça va, merci. »

QUATRE

Quelques semaines plus tard, je rêvai à nouveau de toi.

Je me promenais dans une nature aux étranges couleurs mates. Et bien que je ne reconnusse pas l'endroit, je savais que mes pas allaient me mener jusqu'à une maison que je ne voyais pas encore, une maison où je n'étais jamais allé. Tout à coup elle fut devant moi, grande bâtisse grise dont les fenêtres étincelaient de toutes les couleurs de l'arc-en-ciel. On eût dit les vitraux d'une cathédrale de l'Europe du sud.

Je frappai à la porte.

Ce fut Paul qui m'ouvrit. Il me sourit.

« Bonjour Jonas. Je suis en train de peindre. Entre ! »

Je le suivis dans un vaste escalier, puis au travers d'un long couloir qui donnait sur une porte à deux battants.

Paul l'ouvrit en grand, et nous pénétrâmes dans une immense salle. Les fenêtres étaient incroyablement hautes et je distinguais à peine la voûte du plafond.

La salle était pratiquement vide. Seul dans un coin, un garçon nu se tenait en équilibre sur un tabouret. Un chevalet était posé devant lui.

« Viens », dit Paul en me prenant la main.

Nous nous dirigeâmes vers le chevalet. Paul désigna sa peinture.

« Ça te plaît ? » demanda-t-il.

J'examinai le tableau. Mais les couleurs n'étaient pas

figées. C'était comme si les coups de pinceau continuaient de se mouvoir sur la toile, comme s'ils ne parvenaient pas à se décider vraiment ; les lignes changeaient sans cesse de forme, les couleurs de nuance.

« Je ne sais pas », répondis-je.

Le garçon nu était descendu du tabouret et se tenait maintenant à côté de mon frère. Ses yeux étaient étrangement sombres.

Il se plaça face à mon frère et tendit les mains ; il les posa sur les cheveux, le front, les yeux et le nez de Paul. Ses doigts effleurèrent le contour de ses lèvres. Puis il caressa la poitrine de Paul et descendit jusqu'aux hanches.

Paul riait. Je le regardai faire.

L'autre garçon continua d'explorer ainsi le corps de Paul. Ses yeux sombres étaient grands ouverts, pourtant il avait l'air de regarder dans le vide.

« Je comprends », dis-je.

Paul ouvrit les yeux et me regarda. Il souriait.

« Qu'est-ce que tu comprends ? demanda-t-il.

– Ce garçon essaie de se faire une idée de toi avec ses mains, dis-je. Il se sert de ses mains parce qu'il ne voit pas. Il est aveugle. »

Paul se mit à rire. Et l'autre garçon rit lui aussi.

« Non, Jonas, dit Paul. Tu te trompes. Il n'est pas aveugle du tout. C'est toi qui l'es. C'est toi qui ne vois rien. »

Tout devint noir.

Et je m'éveillai.

« Quel drôle de rêve », me dis-je à moi-même.

Je me levai et ouvris doucement la porte du placard.

Avec tout autant de précaution, je sortis l'album de sa cachette. Puis je regagnai mon lit.

Je regardai les photos de l'autre garçon, celui que quelqu'un – Paul, selon toute vraisemblance – avait photographié à Kammarviken l'année précédant ma naissance. J'examinai attentivement les deux photos. Oui, c'était bien les mêmes yeux sombres que dans mon rêve. C'était le même garçon. Mais rien n'indiquait qu'il était non-voyant. Paul avait dit dans mon rêve que c'était moi qui ne voyais rien - peut-être qu'il en était vraiment ainsi, que c'était moi qui étais aveugle.

Qu'est-ce que je ne parvenais pas à voir, en ce cas ?

Le tableau !

Oui, c'était ça. Je n'avais pas vu le tableau. Mais ce n'était pas tout à fait vrai. Je l'avais vu – même si les lignes et les couleurs n'avaient pas formé un tout à mes yeux. Seulement, le tableau de Paul ne s'était pas dévoilé à mes yeux... Etait-il possible que le motif ait été là, à ma portée, mais que j'aie été aveuglé ?

J'essayai de trouver un indice parmi les photographies. Mais j'étais bien trop fatigué et les pensées se bousculaient dans ma tête. Mes yeux revenaient sans cesse aux yeux noirs de l'autre garçon. Et à mon frère.

La lampe de chevet était toujours allumée. L'album-photos me glissa des mains, je me rendormis.

CINQ

Au cours des dix-huit mois qui suivirent, je pensai souvent à toi, à ce que j'avais rêvé et à ce que j'avais entendu raconter. J'ouvrais souvent les albums photo, mais je ne parvenais toujours pas à comprendre ce qu'il ne m'était pas donné de voir ; même si je présumais que mon manque de discernement était, de fait, étranger au tableau.

J'avais à plusieurs reprises exhorté Daniel à me raconter ce qu'il savait, mais il ne voulait pas livrer ses secrets. Je continuai donc ma recherche d'indices parmi tes photographies.

Un soir que j'étais en train de lire dans mon lit – c'était quelques jours avant mes seize ans – j'entendis le téléphone sonner. Maman répondit. Je l'entendis discuter un moment, mais je ne comprenais pas ce qu'elle disait. Puis elle m'appela.

« C'est Daniel. Il veut te parler. »

« Bonjour Jonas. C'est moi, dit Daniel. Je te dérange ?

– Non, pas du tout.

– Voilà, il se trouve que je serai en voyage le jour de ton anniversaire. Je vais chez mon frère. Je me suis dit que tu pourrais peut-être passer ce soir, si tu veux. J'ai un petit cadeau pour toi.

– Avec plaisir, dis-je. Je viens tout de suite. »

Je fermai la porte de ma chambre et ouvris celle de la penderie. J'en sortis le coffret qui contenait la lettre et les deux albums. Certaines photos étaient collées, chose que j'avais déjà constatée la première fois, mais les autres étaient fixées par des coins autocollants. Je détachai les deux photos de l'autre garçon, ainsi que deux des photos de Paul.

C'est alors qu'un détail attira mon attention. Quelqu'un avait écrit quelque chose au dos de l'une des photographies du garçon. *Mému malému Princi.*

Je relus les mots inconnus avec étonnement avant de replacer les albums et le coffret dans leur cachette.

« Ce n'est pas tout ça ! » s'exclama Daniel après que nous eûmes dîné. « Il serait peut-être temps que je te donne ton cadeau. Qu'en dis-tu, Jonas ? »

Il sourit, se leva de son fauteuil et alla chercher un petit paquet rouge.

« Ne fais pas attention à l'emballage, ajouta-t-il en souriant, je n'avais que du papier de Noël. Tiens !

– Merci ! »

Je gardai le paquet dans mes mains.

« Allez, ouvre ! Tu n'es pas obligé d'attendre ton anniversaire. »

Je commençai à arracher le papier rouge et le ruban doré et trouvai deux petites boîtes.

« Ouvre-les », ordonna Daniel.

La première boîte contenait une petite statuette sculptée dans du bois, une créature d'ébène aux yeux grands ouverts.

« Elle ressemble au Klee qui est au mur, dit Daniel. Mais elle vient d'Afrique. Du Ghana. Elle s'appelle Akua ba. C'est une déesse de la fertilité. Ou une déesse de l'amour, si l'on veut. Tu peux la porter autour du cou ou la pendre au mur.

– Elle est très belle. Merci, Daniel ! »

Il rit et désigna le deuxième petit paquet.

Je l'ouvris et y trouvai deux billets de cent.

« Pour que tu puisses t'acheter ce qui te fait plaisir, fit Daniel en souriant.

– Tu es fou, dis-je, c'est beaucoup trop.

– Mais non, pas du tout.

– Merci ! » répétai-je.

Nous restâmes assis un moment à écouter de la musique et à déguster notre café. Je feuilletai un livre d'art. Soudain, je repensai à l'enveloppe que j'avais apportée. J'allai la chercher dans le couloir.

« Qu'est-ce que tu as là ? demanda Daniel. Une lettre ? »

J'approuvai d'un signe de tête.

« Est-ce que c'est... est-ce que c'est *la* lettre ? Celle que tu as trouvée au grenier ? »

Il me scruta d'un air interrogateur.

« Pourquoi l'as-tu apportée ?

– Je voulais te la montrer, commençai-je. Je pensais que... que peut-être tu voulais... »

Il soupira et hocha la tête.

« Tu ne renonceras donc jamais ! Qu'est-ce que tu cherches exactement ? Sara m'a dit que tu lui posais aussi un tas de questions. Non pas qu'elle ait quelque chose contre. Au contraire. Elle a l'air de trouver ça plutôt intéressant. Mais je ne sais pas... Je ne sais pas jusqu'où ça va te mener. Je te l'ai déjà dit ; ce n'est pas pour faire le mystérieux. Mais je doute du bien-fondé de tes questions. Où veux-tu en venir ? Qu'espères-tu trouver, au bout du compte ?

– Mon frère », répondis-je à voix basse.

Daniel ne répondit pas tout de suite.

« Tu es en train de t'aventurer sur un terrain... sensible, Jonas. Et tu risques de ne pas aimer ce que tu vas découvrir. Peut-être même que tu vas le détester. » Il marqua une pause. « Ou détester l'un d'entre nous.

– Détester ? » Je n'en revenais pas. « Je ne vais détester personne. Pourquoi ? Je veux seulement faire connaissance avec mon frère. Je veux seulement savoir qui il est. Qui il était, je veux dire. »

Daniel resta silencieux un bon moment. Puis il commença à parler.

« Je comprends très bien que tu veuilles faire la connaissance de ton frère. Je le conçois parfaitement. Tu es... tu es un peu romantique, je crois. Et tu veux pouvoir te représenter ce frère qui est mort. Tu veux qu'il te soit plus proche. Je le comprends, Jonas. Et je ferais sans doute la même chose si j'étais dans la même situation que toi. Encore que je réfléchirais avant de poser mes questions. Mais évidemment, comment pourrais-tu deviner... Fouiller le passé, c'est comme retourner de grosses pierres ; souvent on ne trouve que de la vermine grouillante. » Il s'arrêta et me dévisagea. « Ce que je veux dire, c'est qu'au cours de tes recherches, tu vas peut-être être confronté à des désagréments dont tu te passerais volontiers. »

Il alluma une cigarette.

« D'accord, Jonas. Voilà ce qu'on va faire. Tu peux me demander ce que tu veux. Mais je ne promets pas de répondre à toutes tes questions. Ça te va ? »

Je ne savais pas par où commencer. Je sortis la lettre et la remis à Daniel. Il l'examina, la lut lentement.

« Quelle drôle d'écriture, murmura-t-il.

– Oui, c'est exactement ce que j'ai pensé au début. Enfin, la première fois que je l'ai vue. Maintenant, je crois plutôt que la lettre a été écrite par quelqu'un qui a appris à écrire dans un autre pays. C'est pour ça que l'écriture nous semble un peu différente. Je crois que la lettre a été écrite par quelqu'un qui est originaire de Tchécoslovaquie.

– Ah oui ?

– Evidemment ce n'est qu'une supposition, poursuivis-je. Mais comme *Princi* est un mot tchèque, et que l'écriture est singulière... »

Je regardais Daniel tout en parlant. Son visage ne trahissait rien de ce qui se passait dans sa tête.

« Qu'est-ce que tu en penses ? demandai-je.

– Oui, tu as peut-être raison.

– Ben c'est toi qui m'as donné la signification du mot Princi. Et c'est toi qui m'as dit que c'était du tchèque. Mais à ce moment-là, je n'ai pas pensé à te demander comment tu le savais.

– Je l'ignorais avant que Paul ne me l'apprenne, dit Daniel.

– Exactement. C'est ce que j'ai pensé. Mais que t'a raconté Paul au juste ? Il t'a seulement dit que c'était du tchèque ? Il n'a pas dit qui lui avait appris ce mot ?

– Il ne s'est pas attardé sur la question.

– Mais il a dit quelque chose ? »

Il hésita un instant.

« Oui, il a dit que la personne qui l'appelait Princi venait de Tchécoslovaquie. »

Je ne pus réprimer un sourire.

Daniel me regarda avec étonnement.

« Tu recommences », dis-je.

Il leva les bras au ciel.

« Quoi encore ?

– Tu as dit...

– Oui ? »

Je poussai un profond soupir avant de répondre.

« Quand tu m'as dit que quelqu'un était tombé amoureux de Paul, je t'ai demandé si tu savais comment elle s'appelait. Mais tu ne le savais pas. Tu m'as dit que tu ne te souvenais pas avoir entendu prononcer son nom. Et quand je t'ai demandé si elle était à l'enterrement, tu m'as répondu que non, "la personne dont Paul était amoureux" n'y était pas. Et maintenant tu viens de redire la même chose, que "la personne qui appelait Paul Princi" venait de Tchécoslovaquie. »

J'osai à peine poursuivre.

Daniel me regardait fixement.

« Oui ? fit-il brièvement. Et alors ?

– Je crois... je crois que c'était un garçon qui était amoureux de Paul. Un jeune Tchèque. »

Le silence fut total. L'air avait la fragilité du cristal. Je me retenais presque de respirer. Daniel quant à lui était blême. Il aspira une bouffée de sa cigarette, esquivant mon regard.

« C'est bien ça ? soufflai-je.

– Oui. »

Je poussai un soupir de soulagement.

Daniel se leva et commença à arpenter la pièce d'un pas raide et un peu chancelant. Il s'arrêtait çà et là, regardait quelque chose, touchait un objet. Il resta un moment devant la bibliothèque à examiner une photo que j'avais déjà vue dans l'album de maman, une photo où l'on voyait Daniel et maman jeunes ainsi qu'un grand lévrier russe prénommé Dourak. Je me rappelle la fois où elle m'avait dit son nom. « Il s'appelait Dourak », avait-elle dit. Et ces mots avaient pour moi une résonance extraordinaire, presque magique.

Daniel se retourna et nos regards se croisèrent.

« Oui », commença-t-il, et sa voix n'était plus tout à fait la même. « C'est exact. C'était un garçon. Et il venait bien de Tchécoslovaquie. Mais je ne sais pas comment il s'appelait. Paul a dû me le dire, mais je ne m'en souviens pas. Je me rappelle seulement que ça commençait par un M. » Il me dévisagea. « Jonas, fit-il tout bas, comment l'as-tu su ? »

Je haussai les épaules.

« J'ai deviné, c'est tout.

– Mais j'étais le seul à être au courant, dit Daniel. J'étais le seul à qui il l'ait dit. Le seul auquel il ait osé le confier. Sara n'en savait rien. Et elle ne se doute toujours de rien. Stefan non plus. Il n'y avait que moi qui savais.

– Quand Paul te l'a-t-il dit ? demandai-je. Qu'il... enfin... »

Daniel hocha la tête.

« Je m'en souviens très bien. Je me rappelle même la date. C'était au cours de la nuit qui précédait la sainte Lucie. Le 12 décembre 1968.

– En pleine nuit ?

– Oui. En pleine nuit.

– Raconte. »

Daniel me demanda d'aller lui chercher une bière dans le réfrigérateur.

Je la versai dans un grand verre et la posai devant lui.

« Merci. Sers-toi à boire, si tu veux. »

Je secouai la tête.

« Non, merci. Ça va comme ça. Parle-moi de Paul maintenant. Raconte-moi ce qui s'est passé cette nuit-là. »

SIX

« C'était la veille de la Sainte-Lucie, commença Daniel. Je m'en souviens comme si c'était hier. J'étais ici même, j'écoutais une émission de radio consacrée à Jan Johansson. Tu as peut-être entendu parler de lui ? Il était pianiste de jazz. Il s'était tué quelques jours plus tôt dans un accident de la route. Le programme retraçait sa vie et son œuvre. En plein milieu d'un morceau, on a frappé à ma porte. J'ai d'abord cru que c'était quelqu'un qui venait se plaindre que la radio était trop forte, vu qu'il était déjà onze heures et demie. J'ai baissé le son avant d'aller dans le couloir. Et là j'ai entendu quelqu'un pleurer de l'autre côté de la porte. Quand j'ai ouvert, Paul s'est presque effondré dans mes bras. Il pleurait à chaudes larmes. Il sentait l'alcool. Les larmes et l'alcool. Je l'ai fait entrer et je l'ai aidé à enlever ses chaussures et son anorak.

« Il s'est blotti contre moi quand je me suis assis à côté de lui. Et il s'est remis à sangloter de plus belle. Je l'ai pris dans mes bras et j'ai essayé de le consoler. Il avait l'air tellement petit subitement, bien qu'il ait été presque aussi grand que moi. Il a pleuré longtemps... »

J'attendais – dans une espèce de recueillement – que Daniel veuille bien continuer.

« Quand il s'est arrêté de pleurer, je lui ai demandé s'il voulait boire quelque chose de chaud. Il était venu à pied de la ville, et il faisait froid dehors. Il m'a dit qu'il voulait bien une tasse de chocolat, je lui en ai donc préparé une. Ensuite je me suis rassis tout près de lui ; puis je lui ai demandé ce qui s'était passé. Et Paul s'est enfin décidé à parler.

« Il m'a avoué qu'il était plus intéressé par les garçons que par les filles, qu'il l'avait su des années durant, mais qu'il s'était efforcé de nier ces sentiments-là, du moins au début. Qu'il essayait constamment de réprimer ses sens, mais que c'était plus fort que lui. Le plus dur selon lui, c'était pendant les heures de gymnastique à l'école. C'était dur de voir les autres garçons de la classe dans les vestiaires ou sous la douche, et d'essayer de ne pas les regarder.

« Il m'a parlé d'un autre garçon qui était dans la classe parallèle et auquel il s'intéressait depuis longtemps. Je crois qu'il s'appelait Göran. Oui, c'est ça, c'était bien Göran. Et ce Göran flirtait plus ou moins ouvertement avec les autres garçons. Comme si ça avait été des filles. Il les pinçait sous la douche, pour rire. Mais au dire de Paul, il était tellement plus grand et plus fort que les autres que personne n'osait s'opposer.

« Je n'ai rien dit. Au début en tout cas. Puis Paul s'est tu. Il était là, près de moi, et réchauffait ses mains contre la tasse. Je lui ai demandé s'il s'était passé quelque chose de particulier ce soir-là. Paul a fait "oui" de la tête. Je l'ai donc prié de me raconter sa soirée, en lui disant que je pourrais peut-être le réconforter. Et ça l'a fait sourire, pour la première fois depuis son arrivée. »

Daniel se frotta un œil.

« Tu te rends compte, Jonas ? Malgré toute sa détresse, il a souri.

– Est-ce qu'il t'a raconté ce qui s'était passé ? demandai-je, au bord des larmes.

– Mais oui. Il m'a dit qu'il avait été invité à une fête, chez des copains d'un camarade de classe. Une fête en ville, sans les parents. Il y était allé avec des amis à lui. Ils avaient bu – pas énormément, mais ils n'avaient pas l'habitude. Paul était un peu éméché, suffisamment en tout cas pour oser parler à Göran.

« Tout a débuté dans le couloir, alors que Paul était en train d'attendre son tour pour aller aux toilettes. Göran s'est approché et s'est mis juste derrière lui. Ils ont commencé à discuter. Et tout à coup, Paul a perdu l'équilibre. Il m'a dit qu'il serait tombé si Göran ne l'avait pas rattrapé. Mais quand Paul a été de nouveau d'aplomb, l'autre ne l'a pas lâché, il se serrait contre lui. Alors Paul l'a embrassé sur la joue. Göran a demandé si Paul était amoureux de lui. Paul a répondu : "Peut-être." Göran a rigolé : "T'es pédé ?" a-t-il demandé. Et d'après Paul, ce n'était pas dit méchamment, et donc il a répété sa réponse : "Peut-être."

« A ce moment-là les toilettes se sont libérées. Paul a demandé à Göran s'il voulait venir avec lui. Et comme Göran lui demandait pourquoi, il a répondu : "On n'a qu'à pisser ensemble."

« Göran l'a suivi. C'est lui qui a fermé la porte à clé. Et quand ils ont eu fini, Göran s'est retourné et a demandé à Paul s'il pensait vraiment ce qu'il avait dit dans le couloir. Paul a répondu "oui". Göran s'est approché, a pris la main de Paul et l'a empêché de remonter sa braguette. “Qu’est-ce que tu fais ?” a dit Paul. Et l’autre lui a répondu “Je te touche”, et il a commencé... commencé à lui caresser le sexe. Paul était tout troublé. Il m’a avoué qu’il était à la fois heureux et effrayé. “Là”, a dit Göran en prenant la main de Paul et en la posant sur sa... sur son sexe. »

J’écoutais avec une attention extrême le récit de Daniel. Je remontai mes jambes sur le canapé et enlaçai mes genoux.

« Tu as froid ? demanda Daniel. Tu veux que je ferme la fenêtre ?

– Non, non. Je n’ai pas froid. Ça va.

– Il m’a raconté qu’il sentait le sexe de Göran durcir dans sa main, mais qu’il n’osait pas faire ce que Göran voulait qu’il fasse. “T’as la trouille ?” a demandé Göran. Paul lui a répondu qu’il voulait qu’ils aillent autre part, que les autres faisaient la queue et voulaient la place. Göran était irrité, il pesta que c’était lui qui lui avait demandé de le suivre et qu’il pouvait au moins lui faire quelque chose. Mais Paul a répondu qu’il n’avait pas envie. Et il s’est écarté de lui.

« Göran a remonté sa braguette et donné à Paul un grand coup dans la poitrine. Et comme Paul ne s’y attendait pas du tout, il a perdu l’équilibre et il est tombé de tout son long. Sa tête a heurté le rebord de la baignoire et il n’a pas eu le temps de se relever avant que Göran n’ouvre la porte. A ce moment-là, quelqu’un est entré et a demandé ce qui se passait. Paul a entendu Göran répondre dans le couloir : “C’est cette tapette de Paul. Il a commencé à me peloter dans les chiottes.”

« Paul les a entendus rire. Il s'est relevé, a remonté sa braguette et s'est dirigé vers la porte en bousculant un peu le nouveau venu. Il s'est retrouvé dans le couloir au bon moment pour entendre un camarade de classe dire : "Dis donc, Göran, qu'est-ce que tu fichais aux cabinets avec un autre mec ?" Et Paul a vu le poing de Göran atterrir en plein dans la figure de l'autre. Le garçon est tombé à la renverse. Il saignait du nez et s'est mis à pleurer. "Putain !" a répliqué Göran. "Tu chiales ? On va finir par croire que t'es pédé toi aussi !" Paul s'est habillé à toute vitesse et s'est sauvé de là pour venir ici, chez moi.

– Quel salaud ! m'écriai-je. C'est vraiment dégueulasse de faire ça ! »

Daniel hocha la tête.

« Calme-toi, dit-il. Je ne pense pas qu'il faille être aussi prompt à juger. Göran était certainement aussi nerveux que Paul. Ils ont seulement réagi différemment. Göran s'est mis en colère et s'est servi de ses poings. Alors que Paul a préféré s'incliner.

– Ça n'empêche qu'il s'est comporté comme un salaud, rouspétai-je. On n'a pas à se conduire comme ça, c'est tout. »

Daniel se pencha en avant et effleura ma main.

« Et pourtant, c'est comme ça que ça se passe, Jonas. Les gens passent leur temps à se blesser, à se torturer les uns les autres. Uniquement parce qu'ils manquent eux-mêmes d'assurance, ou bien parce qu'ils ne peuvent pas comprendre. Ou encore parce qu'ils ne *veulent* pas comprendre. Ce sont des choses qui arrivent sans arrêt. Je t'avais prévenu, n'est-ce pas ? Je t'avais bien dit que ce que j'avais à te raconter ne serait pas nécessairement agréable. »

J'acquiesçai en silence.

Quelques instants plus tard, je demandai à Daniel de poursuivre son récit.

« Je crois que ça suffit pour aujourd'hui, dit-il. L'heure tourne. Et Sara ne voulait pas que tu rentres trop tard.

– Je sais. »

Je n'avais pas encore montré à Daniel les photographies que j'avais apportées. Et je n'avais rien appris sur le jeune Tchèque qui appelait mon frère Princi. Et puis il y avait encore une chose que j'aurais bien voulu demander à Daniel.

« Encore un tout petit peu », suppliai-je.

Il hocha la tête.

« Non, ça suffit maintenant. Je continuerai une autre fois. Peut-être. En tout cas tu en sais déjà un peu plus. Au fait, je ne veux pas que tu dises quoi que ce soit à Sara ou à Stefan. Ils ne savent rien. En fait, il n'y a pas lieu qu'ils le sachent. Ils seraient vraiment peinés, c'est ce que je veux dire. Et c'est bien la dernière chose que je veux. Si Paul n'était pas mort aussi jeune, ils auraient bien sûr appris qu'il était homosexuel. Enfin ils l'auraient appris dans des circonstances plus "naturelles". Mais étant donné qu'il est mort avant de le leur avoir dit lui-même, et que de toute façon il n'avait pas particulièrement... enfin bref, ils n'ont pas besoin de l'apprendre maintenant. Ça ne ferait que les troubler. Je ne t'en aurais jamais parlé si tu ne l'avais pas déjà deviné. Comment tu as pu le deviner, c'est ce qui me dépasse. Mais promets-moi de ne rien raconter à tes parents.

– D'accord, dis-je. Mais il faut que tu me promettes de m'en dire plus une prochaine fois. »

Daniel plissa le front.

« Ça, ça s'appelle du chantage. Je ne marche pas.

– Pardon. Ce n'est pas ce que je voulais dire. Mais je voudrais bien que tu me racontes la suite. Tu pourras le faire, dis ? D'ailleurs j'ai des choses à raconter moi aussi. »

Il rit.

« Oui, je m'en doute. Bon, on verra. »

Daniel se tenait dans l'embrasure de la porte du couloir et me regardait enfiler la veste en daim.

« Elle est belle, cette veste, dit-il. Elle te va bien.

– Oui, papa et maman disent la même chose. Sauf qu'elle commence à être un peu trop petite. »

Je nouai mes lacets, me redressai et regardai Daniel. Je voulus aller vers lui. Mais il avait l'air tellement lointain. Je fis un pas.

« Dis, Daniel... » commençai-je. Mais je fus interrompu par la sonnerie du téléphone.

« Ça doit être Sara, dit Daniel. Elle téléphone pour demander ce que tu es devenu. Dépêche-toi de rentrer, que je ne sois pas obligé de lui mentir.

– Mais... »

Il s'approcha de moi, posa une main sur mon épaule et de l'autre me caressa brièvement la joue.

« Va vite, mon garçon. On se verra une autre fois. »

SEPT

Le troisième trimestre avait commencé mais j'étais alité avec la grippe. Quand la fièvre diminua, je commençai à m'ennuyer sérieusement. Je ressortis donc les albums photo de Paul.

Allongé dans mon lit, j'examinai la photo qui te représente sortant de la salle de bains. J'essayai de distinguer tes yeux, mais la photo n'était pas assez nette. Un instant je m'imaginai même que je voyais la marque laissée par la main de Göran sur ta poitrine. Comme par une espèce de stigmatisation. Mais ce n'était qu'une illusion. Et puis j'essayai de découvrir les ressemblances que tout le monde disait voir en nous. Mais elles n'étaient pas vraiment flagrantes à mes yeux.

Je repensai alors au grand miroir à l'intérieur de la porte du placard, dans le couloir.

Je sautai du lit et ouvris ladite porte. Effectivement, je pouvais voir mon reflet de la porte de la salle de bains. Mais il manquait quelque chose. Ah oui ! La serviette. Je pris une de celles accrochées au mur et, la tenant dans ma main droite, j'essayai de retrouver la même position que toi sur la photo. Certes, c'était déjà mieux. Mais ce n'était pas encore tout à fait ça. C'était mes cheveux qui n'allaient pas. Les tiens étaient mouillés et tout ébouriffés. J'hésitai un instant. Et finis par me passer la tête sous l'eau.

Je restai un long moment à regarder tantôt ta photographie – prise dix-sept ans plus tôt devant la porte d'une autre salle de bains, tantôt mon propre reflet dans le miroir. Et nous nous ressemblions vraiment. Même si j'étais un peu plus maigre. Nous étions semblables. Comme des frères.

Tout à coup, papa ouvrit la porte d'entrée, à l'autre bout du couloir.

« Bonjour ! » cria-t-il.

En moins de temps qu'il ne faut pour le dire, je m'étais enfermé à clé dans la salle de bains.

« Bonjour papa ! » criai-je en retour. Et j'entrepris de me sécher les cheveux.

Je l'entendis fermer la porte du placard. Et réalisai que mon slip était resté dans ma chambre.

Je touchai mes cheveux ; ils étaient à peu près secs. Puis je tirai la chasse d'eau.

Papa s'était assis dans la cuisine avec son journal. Il leva les yeux quand je sortis de la salle de bains. Ses yeux rencontrèrent les miens. Ça va être ma fête, pensai-je.

« Non, mais ça ne va pas, Jonas ! s'écria-t-il. Qu'est-ce qui te prend de te balader tout nu alors que tu es malade ? Tu ne vas jamais te rétablir !

– Oui, je sais. Il a fallu que j'aille vite aux toilettes. »

Je me précipitai dans ma chambre et fis disparaître la photographie que j'avais enroulée dans le creux de ma main. Puis je m'habillai et allai retrouver papa.

« Tu as encore de la fièvre ?

– Non, je ne crois pas. Mais j'ai un peu mal à la tête et dans la poitrine. »

Je toussai un peu.

Il replia son journal et se gratta l'épaule.

« Tu es resté couché toute la journée ? »

J'acquiesçai.

« Tu t'ennuies ?

– Oui.

– Tu n'as rien à lire ?

– Si, bien sûr. Mais je n'ai pas vraiment envie.

– Tu n'as qu'à trouver autre chose alors, dit-il. Quelque chose que tu puisses faire au lit. Je pense qu'il vaut mieux que tu restes alité encore quelque temps. Tu n'as qu'à dessiner. C'est ce que je faisais, petit, quand j'étais malade. Ou alors écris. Ne prends pas cet air étonné ! Tu peux écrire des lettres par exemple. A un copain. Ou à ta grand-mère. Ou bien écris ton journal. Paul le faisait régulièrement. »

Je sursautai.

« Paul tenait un journal ?

– Tu ne le savais pas ?

– Non, je ne me rappelle pas en avoir entendu parler.

– Eh bien si. Il en a tenu un pendant des années.

– Il est où, ce journal ? »

Papa secoua la tête.

« Je n'en sais rien. En vérité je ne me suis jamais posé la question. C'est probablement quelque part. Soit dans sa... » Il s'arrêta brusquement. Puis il expira par le nez et sourit. « Je voulais dire dans ta chambre, bien entendu.

– Tu crois ?

– Oui, soit là, soit au grenier. Je n'en sais rien, en fait. »

Je le regardai fixement.

« Tu n'as pas l'air dans ton assiette, dit-il. Tu devrais peut-être retourner te coucher. Je retourne travailler. Je voulais juste voir comment tu allais.

– Comment j'allais ? C'est pour ça que tu es revenu ? »

J'étais presque gêné ; il était tellement distant, d'habitude.

« Je vais me coucher », marmonnai-je.

Au moment de pénétrer dans le couloir, je me retournai. Papa sourit et me fit un signe de tête.

« Merci ! » dis-je tout bas.

HUIT

La porte d'entrée claqua. Papa était reparti.

J'étais allongé sur mon lit, le cœur battant ; je sentais le sang cogner contre mes tempes.

Paul avait écrit un journal. Dire que ça m'avait échappé. Mais où se trouvaient les cahiers, à présent ?

Je promenai mon regard dans la chambre. Les meubles étaient – à ma connaissance – les mêmes que ceux qu'avait eus Paul lorsque la chambre lui appartenait. Seul le lit avait été remplacé.

A côté du lit se trouvait une table de nuit à tiroir et, un peu plus loin, un vieux fauteuil en cuir que j'utilisais rarement. Un bureau avec un rangement et trois tiroirs était placé devant la fenêtre, puis suivaient, à droite, deux étagères pleines de livres ; l'une sur le même pan de mur, l'autre contre le mur commun avec la chambre de papa et maman. Ma commode, elle, était logée entre les deux étagères et les deux penderies. C'était là tout le mobilier qui composait ma chambre. Celui qui avait composé la tienne, Paul. Où avais-tu bien pu cacher ton journal ?

J'essayai de me mettre à ta place ; j'imaginai que j'avais un journal et que je ne voulais pas que quelqu'un d'autre le lise. Quel était le meilleur endroit pour le dissimuler ?

Je conservais mes propres trésors dans une sorte de

coffret, une vieille boîte en fer noire qui fermait à clé et que, par conséquent, je n'avais pas besoin de cacher. Pourtant je la rangeais généralement à l'abri des regards, dans un placard ou sous le lit.

Où as-tu caché ton journal, Paul ?

Je fouillai chaque meuble à fond ; ouvris les tiroirs, les placards, examinai l'intérieur des meubles dans l'espoir de trouver un compartiment secret ou, peut-être, un journal fixé avec du ruban adhésif. Je grimpai sur une chaise et tâtai le haut des étagères, mais n'en retirai que de la poussière. Je déplaçai la chaise jusqu'aux placards, qui s'avérèrent tout aussi poussiéreux. J'escaladai même mon bureau pour atteindre la grille de ventilation. Elle était comme soudée au mur.

Impossible de mettre la main sur le journal.

La seule chose que je trouvai fut un sac en plastique rempli de petites voitures que j'avais moi-même fourré derrière les livres, dans l'étagère, quelques années plus tôt. Je l'avais complètement oublié. Je regardai à l'intérieur du sac et eus l'impression d'être transporté neuf-dix ans en arrière.

Je n'avais gardé que mes voitures préférées ; j'avais donné les autres à mes petits cousins. Je retournai le sac et vidai le contenu sur mon lit : un petit bus rouge à deux étages, une Hillman bleue dont la vitre arrière s'ouvrait en grand, une Chevrolet qui, jadis, avait été rose, une fourgonnette pour le transport des chevaux qui avait appartenu à Paul. *EXPRESS, HORSE BOX, HIRE SERVICE* en lettres jaune pâle. Et enfin ma favorite, une Austin bleue avec un volant sur le dessus. Un volant en plastique rouge qui, quand on l'actionnait, faisait tourner les roues avant. Dans la voiture, il y avait deux petits bonshommes, un moniteur d'auto-école et son élève. C'est papa qui m'avait offert l'Austin pour mes trois ans. Je n'en ai pas souvenir moi-même. Mais je me rappelle que c'était ma plus belle voiture, mon plus beau jouet.

Je contemplai les voitures un long moment. Je les sentis, les touchai. Puis je jouai avec l'Austin bleue sur ma table de nuit ; la direction était en parfait état de marche, même si les pneus étaient un peu durs. Ils avaient peut-être séché. Comme le revêtement en caoutchouc des raquettes de Paul.

Maman me réveilla en rentrant.

« Comment vas-tu ? demanda-t-elle en touchant mon front.

– Je me sens mieux maintenant, dis-je. Je crois que je n'ai plus de fièvre.

– Non, tu n'es plus aussi chaud. Tu as dormi longtemps ?

– Quelques heures. »

Elle regarda l'Austin et la fourgonnette qui étaient restées sur ma table de nuit.

« Tu as aussi fait joujou avec tes voitures ? » plaisanta-t-elle d'un ton infantile.

Je souris.

« Je les ai retrouvées dans l'étagère, en cherchant un livre. »

Maman rit.

« Tu n'as pas besoin de t'expliquer, dit-elle en souriant. Je crois que je comprends. »

Et elle regarda à nouveau les voitures.

« C'est étrange.

– Quoi donc ? »

Elle souleva la fourgonnette rouge foncé. « Paul l'a eue pour ses trois ans. C'est Stefan qui l'avait achetée. Il y avait des chevaux dedans, à l'époque. Mais ils ont vite disparu. »

Elle reposa le véhicule sur la table de nuit. « Et toi tu as eu celle-là pour tes trois ans. Et c'était aussi un cadeau de Stefan. »

J'observai ses yeux pendant qu'elle parlait ; j'y décelai cette ombre qui apparaît quand on est triste. Pourtant il me sembla que ses yeux brillaient. Comme si elle était heureuse, malgré tout.

« Et voilà qu'elles sont l'une à côté de l'autre sur ta table de nuit, continua-t-elle. Les cadeaux offerts aux deux frères pour leurs trois ans. Tu te rappelles le jour où ta voiture a disparu ? La bleue, là ? »

Je secouai la tête.

« Tu étais inconsolable. On a cru que tu n'arrêterais jamais de pleurer. Et quand enfin on l'a retrouvée, tu ne voulais plus t'en séparer. Tu l'avais partout avec toi. Même quand tu dormais. » Elle rit. « Tu te rappelles ?

– Non. Je me souviens seulement que c'était ma plus belle voiture. Ma préférée.

– Et tu recommences à jouer avec, maintenant ! » fit-elle d'un ton moqueur, et elle se dirigea vers la cuisine en souriant.

Mes parents étaient invités à une fête le lendemain soir.

« On risque de rentrer tard, dit maman. Il va falloir que tu te débrouilles tout seul. »

Nous étions en train de dîner dans la cuisine. C'était la première journée, depuis une bonne semaine, que je ne passais pas au lit.

« Au fait, dis-je, tu ne pourrais pas demander à Daniel s'il veut bien venir ? »

Papa et maman me dévisagèrent.

« Alors comme ça, non seulement tu recommences à jouer aux petites voitures, mais en plus tu veux une baby-sitter. Tu viens bien d'avoir seize ans, n'est-ce pas ?

– Bienvenue à bord de la machine à explorer le temps, plaisantai-je.

– Il y a un film à la télé, dit papa. Un western. Tu n'as qu'à le regarder. Tu t'ennuieras moins, comme ça.

– Oui, mais je n'ai pas peur de m'ennuyer. Je veux seulement voir Daniel. Et comme de toute façon, vous sortez...

– Bien sûr, dit maman. Il va être content. Appelle-le toi-même.

– Oui, j'y vais », répondis-je. Et je vis le visage de papa se rembrunir.

NEUF

Je m'assis à côté de Daniel.

« Ça fait un moment que je ne suis pas venu, dit-il. Ça m'a fait plaisir que tu me téléphones. »

Il jeta un coup d'œil à la télévision allumée.

« Je te parie que c'est le héros », dit-il en désignant un personnage entre deux âges, à l'allure exceptionnellement insipide, qui déambulait à cheval dans une petite ville du Far West. Il mâchonnait une paille et s'adressait à l'animal.

« Allez, camarade, reposons-nous, le coin a l'air paisible », indiquait le sous-titre. Et l'homme décocha un sourire aux belles attroupées devant la maison close.

« J'en ai vraiment assez de ces films à la noix, soupira Daniel. Non seulement c'est sans surprise, mais en plus c'est archi-faux.

– On peut éteindre la télé si tu veux. Ça m'est égal. »

Je mis un disque, me rassis dans le canapé et observai Daniel. Il inspectait le salon : les tableaux, les meubles, le grand vase hideux que nous ne pouvions nous résoudre à jeter. Enfin il se rendit compte que je le fixai du regard et se tourna vers moi.

« A quoi penses-tu ? demanda-t-il.

– A toi », dis-je sans réfléchir.

Il rit.

« A moi ? Qu'est-ce que tu veux dire ? »

Je regrettai déjà ma réponse. Ce n'était qu'une spéculation de ma part, et ça ne me regardait pas.

« A quoi pensais-tu ? répéta-t-il.

– Bah ! A rien. Un truc idiot.

– Un truc idiot ? Me concernant ? » Il eut un rire mal assuré. « Maintenant j'aimerais bien que tu t'expliques, Jonas. »

J'hésitai un long moment avant d'oser formuler ma question.

« Daniel, commençai-je, est-ce que tu... étais-tu amoureux de Paul ? »

Je m'étais au moins attendu à le voir tressaillir ; je m'étais de toute façon attendu à ce qu'il manifeste une réaction. Mais ce ne fut pas le cas. Il détourna simplement son visage du mien, tout doucement. Ses yeux s'arrêtèrent sur une reproduction de Miró, au-dessus de la télé.

« Amoureux, répéta-t-il à voix basse. Oui, peut-être bien. »

J'attendais la suite avec une impatience fébrile.

« Oui », continua-t-il après un moment qui me parut une éternité. « Il se peut que j'aie été épris de ton frère. Encore que je ne sois pas sûr qu'il se soit agi... d'une inclination amoureuse. Je veux dire que j'étais peut-être... peut-être que je me sentais seul, rien de plus. Et la solitude fait qu'on a tendance à s'imaginer des choses. Et Paul... »

Il s'interrompit et posa les yeux sur moi.

« Est-ce que quelqu'un t'a dit quelque chose ? Quelque chose à mon sujet ? »

Je secouai la tête.

« Alors tu as... deviné, c'est ça ?

– Quelque chose dans ce goût-là », murmurai-je.

Il alluma une cigarette. Je me levai pour ouvrir la porte du balcon, et jetai un coup d'œil à la photo de Paul, sur la télé, afin de voir s'il était triste ou gai.

« Il me rendait assez souvent visite. J'aimais bien le rencontrer, lui parler. J'aimais bien le *voir*. Peut-être aussi que j'aurais aimé... Tu sais, je n'ai pas une très grande expérience de l'acte physique. Ça me semble tellement surfait. Comme un gros truc publicitaire, à la limite.

– Est-ce que Paul le savait ? demandai-je. Que tu...

– Je ne sais pas. Mais je suppose que oui. Ça se voit, ce genre de choses.

« Ne va pas t'imaginer que j'étais intéressé par tous les jeunes gens que je rencontrais, poursuivit-il. C'était plutôt l'inverse. Je n'étais pas attiré par beaucoup d'entre eux. Mon attente était de nature plus... Comment dirais-je ? J'aspirais à rencontrer *quelqu'un*. Mais pas n'importe qui. Et Paul... d'une certaine façon. Paul était aussi bien un enfant qu'un adulte. Ce n'était qu'un gosse, et en même temps c'était un homme. Il me troublait. Je le connaissais depuis qu'il était né. Mais ce n'est qu'à l'adolescence qu'il a commencé à me faire cet effet... Tu sais qu'il aimait peindre et dessiner. Et il aimait aussi prendre des photos. Il avait un sens inné de l'image, le don de créer des images. Il avait toujours de très bonnes notes en dessin. Et quand je me suis acheté un appareil photo, c'était fin 68 je crois, il a voulu qu'on fasse de la photographie "pour de vrai". Il en avait assez des photos d'anniversaires, des paysages. Il voulait faire quelque chose d'artistique.

« Il est venu chez moi un jour de janvier, l'année où il est mort. Je crois que c'était un dimanche. J'avais installé des draps comme toile de fond. Et emprunté des projecteurs à un voisin.

« Paul sifflotait quand il est arrivé. Je l'entendais dans l'escalier. Il était tout excité et voulait qu'on commence immédiatement. Enfin il m'a d'abord expliqué ce qu'il avait l'intention de faire comme photos.

– Quel genre de photos ? demandai-je.

– Il voulait faire des portraits de moi. Il m'a demandé d'enlever ma chemise. Il disait que les vêtements n'auraient fait que nous gêner. Et puis on a commencé la séance de photos. Il a pris un tas de clichés de moi ; sur certaines d'entre elles on voyait clairement que c'était moi. Mais sur d'autres on ne distinguait que des parties d'un corps ; un cou, une épaule. Parfois ce n'était qu'une ligne, une forme.

« Puis il a eu l'air satisfait. Il avait pris les photos qu'il voulait prendre. “Maintenant c'est ton tour, Daniel”, m'a-t-il dit. Et il a enlevé son pull. Il était tellement beau ! Je revois encore son corps, dans toute la douceur de ses lignes...

« J'ai commencé à le photographier. Mais je me faisais l'effet d'un traître, à le regarder ainsi à travers l'objectif. J'avais l'impression d'abuser de lui. Même si l'idée venait de lui, en fait. Mais évidemment, il ne savait pas ce que je ressentais – je n'avais rien dit, en tous les cas. Et de voir ce jeune garçon à moitié nu, là, devant moi, ça m'a mis dans un état de confusion extrême.

« J'ai photographié son visage, sa poitrine, ses épaules. J'ai pris le même genre de photos que celles qu'il avait prises de moi. Non pas que j'aie eu à l'esprit une quelconque création artistique. Non, ce que je voulais, c'était voir son corps.

« Et puis... et puis Paul m'a dit tout à coup qu'il voulait se dévêtir, que je pouvais le photographier nu si je voulais. »

Daniel se tut, et je ne voulus pas troubler son silence.

« Peut-être que je ne devrais pas te raconter tout ça, poursuivit-il peu après. Mais c'est comme si je t'en avais déjà trop dit. Au point où j'en suis, ça n'a plus d'importance... Ce que je peux dire, c'est la chose suivante ; je ne sais pas si j'étais vraiment amoureux de Paul. Mais je l'aimais. Quand je repense à toute cette époque, je suis surtout embarrassé. Je ne me rappelle pas ce que je ressentais exactement. Je ne me rappelle pas ce que je voulais. Mais j'aimais véritablement ton frère. Oui, je l'aimais ! Et je n'ai pas honte d'avouer que j'étais attiré par lui ; par son corps, bien sûr, mais pas seulement. Tout son être m'attirait. Il y avait quelque chose de sensuel en lui. Comme un parfum capiteux, presque entêtant. Et j'ai été abasourdi quand il m'a proposé de le photographier nu. Après tout, il n'était encore qu'un gamin. Un enfant. Même si cet enfant signifiait plus pour moi que n'importe quel adulte jusqu'alors. Il était assis par terre, torse nu. Il me regardait de ses grands yeux sombres. Et décréta que je pouvais le photographier nu. Si je voulais.

« J'ai bafouillé une vague réponse. Alors Paul m'a avoué qu'il voulait prendre des photos de moi nu. » Daniel hocha la tête. « C'en était trop pour moi. J'ai dû aller me "réfugier" dans la salle de bains. Il fallait que je m'éloigne de lui un moment. Je... J'avais peur qu'il s'aperçoive... de mon excitation. Qui sait ce qui serait alors arrivé ?

– Ça... Ça ne lui aurait peut-être pas déplu, risquai-je.

– Peut-être que non, bredouilla-t-il à voix basse. Mais j'avais bien trop peur de détruire notre amitié. Il n'était qu'un enfant. Imagine... Imagine que nous ayons fait quoi que ce soit de... que je lui aie fait peur... Non, je n'osai pas mettre notre amitié en péril.

– Qu'est-ce que tu as fait, alors ?

– Je suis resté dans la salle de bains un moment. Quand je l'ai rejoint, il avait ôté ses vêtements. Il était assis dans le canapé, nu, et m'attendait en souriant, un verre de sirop à la main. Et ce détail, en un sens, ne faisait que confirmer le fait qu'il n'était encore qu'un enfant. "Comment veux-tu que je m'assoie ?" m'a-t-il demandé. J'ai bégayé une réponse, je ne me rappelle plus laquelle. Paul s'est placé devant le drap tendu. Et moi je me suis caché derrière l'appareil photo. Je contemplais son corps à travers l'objectif. Et j'avais tellement envie de le toucher... »

Il regarda au dehors, par la porte ouverte du balcon. Le disque s'était tu et j'entendais le tic-tac de la pendule dans la cuisine.

« Tu as pris une photo ? demandai-je finalement.

– Oui, une seule.

– Tu l'as toujours ? »

Il acquiesça.

« Est-ce que je pourrai la voir ?

– Mais oui, bien sûr. Je te la montrerai quand tu viendras me voir.

– Pourquoi est-ce que tu n'as pas pris d'autres photos ? »

Ses lèvres émirent un bruit – je ne sus s'il s'agissait d'un rire ou d'un grognement.

« Le téléphone a sonné », dit Daniel.

Je souris.

« Oui, a posteriori c'est assez drôle. Mais sur le moment je me suis seulement senti soulagé. C'était quelqu'un qui voulait aller au cinéma avec moi. » Daniel sourit.

« Et grâce à ce coup de téléphone, il n'y a pas eu d'autres photos de lui nu. Paul a ri et a remis ses vêtements. Il m'a dit que nous pourrions continuer un autre jour. Mais je savais bien que ça ne serait jamais le cas, que je n'en aurais tout simplement jamais le courage. »

Nous fûmes tous deux silencieux pendant plusieurs minutes. Puis je brisai le silence.

« Savais-tu que Paul écrivait un journal ?

– Oui.

– As-tu une idée de l'endroit où se trouve ce journal ? »

Daniel me tapota la joue en riant.

« Eh non, Sherlock. En vérité je n'en ai pas la moindre idée. Je croyais que c'était toi qui te chargeais de tout ce qui était “résolution de problème” et “recherche d'indice” dans cette histoire. »

« J'ai peut-être été trop mystérieux, dit Daniel quand nous fûmes dans l'entrée. D'une manière générale, s'entend. »

Il se tourna vers moi.

« Je t'aime bien, Jonas. Et j'apprécie de plus en plus ta compagnie, et les discussions que nous avons ensemble. Tu commences à être adulte.

– Moi aussi je t'aime bien, Daniel. » Et je le serrai dans mes bras.

DIX

Je m'étais couché et lisais quand mes parents rentrèrent.

« La lumière est allumée dans la chambre de Jonas, chuchota maman.

– Je suis réveillé », leur criai-je.

Je les entendis enlever leurs vêtements, puis papa se dirigea d'un pas vif vers la salle de bains. L'instant d'après, maman était dans ma chambre.

« Bonsoir mon chéri. Ça fait longtemps que tu es seul ?

– Non, Daniel est parti il y a une demi-heure à peu près.

– Qu'avez-vous fait ?

– On a parlé. »

Maman se releva en entendant le bruit de la chasse d'eau dans les toilettes.

Papa vint nous rejoindre et s'assit sur le rebord du lit.

« Alors, c'était bien ? demandai-je.

– Pas trop mal, répondit-il. C'était sympa. Et toi ? Vous avez vu le film ?

– Non.

– Pourquoi ?

– Ça avait l'air inintéressant au possible. Sans suspense, si tu vois ce que je veux dire. »

Il me dévisagea d'un air triste.

« J'avais le souvenir d'un bon film. Je l'ai vu quand j'étais petit, à la séance de l'après-midi. » Après une courte pause il ajouta : « Qu'est-ce que vous avez fait, alors ?

– On a écouté de la musique. Et on a parlé.

– De quoi donc ?

– D'un tas de choses, mentis-je. De tout et de rien. »

Papa était vraiment triste. Comme je me retournai dans mon lit, ma main se posa sur son bras. Tout naturellement.

D'abord il se raidit. Puis il posa sa main gauche sur la mienne et la tapota doucement.

« Tu te sens guéri, maintenant ?

– Oui, à peu près. »

Il détourna son regard et aperçut les petites voitures.

« Alors comme ça tu as ressorti tes voitures. »

Il se pencha pour attraper l'Austin bleue.

« Je l'avais achetée pour tes trois ans. Dans le magasin de jouets qui se trouvait sur le port. Je suis allé l'acheter pendant ma pause, je me rappelle.

– Pourquoi as-tu choisi celle-là en particulier ?

– Elle ne te plaît pas ? » demanda-t-il, surpris.

Je ris.

« Bien sûr que si, c'était ma plus belle voiture. Je l'aimais vraiment beaucoup.

– Oui, moi aussi, dit papa. C'est pour ça que je l'ai achetée. C'était le plus beau modèle qu'ils avaient.

– Au fait, continua-t-il, tu te rappelles la fois où tu l'avais cachée et qu'on n'arrivait pas à la retrouver ? Tu as été inconsolable pendant plusieurs jours. Tu t'en souviens ?

– Non, mais maman me l'a raconté.

– Finalement on l'a retrouvée sous un des placards, dans l'entrée, poursuivit papa. Tu sais, derrière la plinthe qui tombait tout le temps quand on passait l'aspirateur. Tu ne t'en souviens pas ? »

Mon sang se figea dans mes veines.

« Non, je ne m'en souviens pas. Quelle plinthe ?

– Celle qui est tout en bas, devant le socle du placard, expliqua papa. Le panneau de devant tombait sans arrêt, jusqu'à ce que je le fixe avec des vis. Tu ne t'en souviens pas ? Il devait s'être déboîté ce jour-là aussi, je suppose. Ou peut-être que c'était toi qui l'avais retiré. En tout cas, le socle te servait de garage pour tes petites voitures. L'un de nous a dû remettre la plinthe sans regarder s'il y avait quelque chose en dessous. C'est pour cette raison qu'on n'a retrouvé l'Austin qu'une semaine plus tard. »

Je n'arrivais pas à m'endormir. L'excitation était trop grande. L'Austin bleue se trouvait à côté de moi, sur ma table de nuit. Elle scintillait presque, tel un objet magique. Et la peinture bleue que je n'avais en fait jamais aimée me parut soudain de toute beauté.

Je regardai en direction des penderies et baissai les yeux à hauteur des plinthes blanches. Mon frère avait lui aussi grandi dans cet appartement, dans cette chambre. Lui aussi avait joué aux petites voitures dans l'entrée. Et peut-être avait-il lui aussi utilisé le dessous des placards comme garage pour ses voitures, pour la fourgonnette rouge foncé.

Je me levai et me faufilai dans l'entrée. De la chambre

de papa et maman, on entendait des bruits de respiration et un léger ronflement. Je m'assis par terre et examinai le bas des placards. Je ne pus déceler aucune trace de vis.

Je passai ma main sur le devant des socles. Il était bien fixé, apparemment. Et je n'osai pas me servir d'outils ; mes parents se seraient réveillés, à coup sûr.

Je me glissai à nouveau dans mon lit.

Je me réveillai tard le lendemain. Papa s'était rendu à une compétition de tir à l'arc. Et maman devait rester à la maison toute la journée. Je voulais être seul au moment où j'ouvrirais les socles.

L'après-midi elle me demanda comment j'allais.

« Tu ne tiens pas en place, on dirait. Quelque chose qui ne va pas ? demanda-t-elle.

« Si, si. Tout va bien », mentis-je.

Elle me scruta d'un air interrogateur.

« Tu n'es peut-être pas encore tout à fait rétabli.

– Je crois que j'ai besoin d'un peu d'air frais. Je vais aller faire un tour. »

Daniel sourit en m'ouvrant la porte.

« Alors, tu es sur une piste ? Entre !

– Je voudrais voir la photo », dis-je en m'asseyant dans le canapé.

Daniel déplaça plusieurs livres d'art sur l'étagère et retira un vieux coffret en bois noir. La boîte à secrets de Daniel, pensai-je en moi-même.

Il prit le coffret avec lui et vint s'asseoir près de moi. Il s'arrangea pour m'en dissimuler le contenu quand il ouvrit le couvercle. Il fouilla un court instant, trouva la photo et me la tendit.

« La voici », fit-il à voix basse.

Il me la confia cérémonieusement.

C'était bien toi, Paul.

Tu es debout devant le drap tendu, ton corps dessine un jeu d'ombres et de lumières sur le tissu. Tu t'étires, comme si tu venais de t'éveiller. Tu lèves les bras et tu tiens ta nuque dans tes mains, les coudes relevés de chaque côté de la tête. Lorsque je plisse les yeux, j'ai l'impression de voir des ailes. Tu t'étires, ta poitrine et ton bas-ventre sont un peu bombés. Tu es bien campé sur ta jambe droite, la gauche en revanche est légèrement relevée ; seuls les orteils effleurent le sol. Tu t'étires, et ce mouvement imprime à ton corps une légère torsion. Tes paupières sont mi-closes. Tes lèvres esquissent un sourire.

« Est-ce toi qui lui as fait prendre cette pose ? demandai-je à Daniel.

– Non. Il ne pose pas. J'étais en train de regarder Paul quand il s'est étiré. Et j'ai appuyé sur le bouton. Clic ! C'est tout.

– C'est une belle photo, dis-je.

– Paul était beau, dit Daniel.

– Tu l'as en plusieurs exemplaires ?

– Je crois que oui. Pourquoi ? Tu en veux un ?

– Oui, je voudrais bien.

– Bien sûr, je t'en donnerai un. Mais s'il te plaît, ne fais pas voir cette photo à....

– Mais non ! Je ne la montrerai à personne. »

Daniel se pencha vers moi, il contempla la photographie.

« Tu comprends l'effet qu'il me faisait ? Tu comprends que je ne savais plus à quel saint me vouer ? Que je n'osais pas l'approcher de plus près ?

– Oui, répondis-je tout bas. Je comprends, en effet.

– Vois comme il est beau. Il... tu lui ressembles de plus en plus. »

J'eus le sentiment que ma réponse le blesserait.

« Je ne trouve pas qu'on se ressemble tant que ça. On a un air de famille, peut-être. Je te fais penser à lui. C'est tout. Les souvenirs que vous avez de Paul, vous qui l'avez bien connu, se mélangent à la façon dont vous voyez mon visage, mon corps, ma façon de bouger. C'est ce qui fait que vous nous trouvez aussi semblables.

– Je ne suis pas en train de te dire que tu as exactement la même allure que lui, répondit Daniel. Tu as ta propre apparence, ton propre style. Et il est assez différent de celui de Paul. Mais quand même... Du reste, tu ne l'as jamais vu qu'en photo. C'est peut-être plus difficile pour toi de voir les ressemblances. Tu ne l'as jamais vu bouger, tu n'as pas vu les gestes qu'il faisait. Et tu n'as jamais entendu sa voix.

– Non, je sais bien, dis-je. Mais j'ai beaucoup pensé à lui. Et puis j'ai souvent entendu parler de lui. Je l'ai vu bouger dans mes rêves. Mais c'est vrai que je n'ai jamais entendu le son de sa voix. Je me suis souvent interrogé à ce sujet. Paul ne me parle jamais dans mes rêves. C'est un peu comme si je ressentais ce qu'il me dit. On dirait presque de la télépathie. Mais toi, tu l'as entendu parler. Tu as entendu sa voix. Elle était comment, justement ? Quelle voix avait-il ?

– La même voix que toi, répondit Daniel.
– Moi aussi j'ai des photos à te montrer, dis-je.
– Ah bon, et quel genre de photos ? »
Je lui tendis d'abord les deux photographies de l'autre garçon.
« Qui est-ce ?
– Je crois que c'est l'autre garçon. Celui qui venait de Tchécoslovaquie. Celui dont le nom commençait par un M. »
Daniel bredouilla quelque chose en guise de réponse.
« Je suis presque sûr que c'est lui, poursuivis-je. Regarde, au dos ! Je crois que c'est du tchèque. »
Daniel lut à voix haute. « *Mému malému Princi.* Oui, c'en est certainement.
– Tu le reconnais ? »
Il secoua la tête.
« Non, je ne crois pas. Assurément il s'agit d'une photo ancienne, mais je ne me rappelle pas avoir vu ce garçon avant aujourd'hui. »
Puis je lui remis la photo de Paul posant devant son bureau.
Daniel sourit.
« Lui, je le reconnais, en tout cas. Mais c'est la première fois que je vois cette photo. Où l'as-tu trouvée ?
– Au grenier.
– Ah.
– Est-ce que c'est son journal qu'il tient à la main ? »
Daniel approcha la photo de son visage.
« Hmm, je ne sais pas. Je ne me rappelle pas de quoi il avait l'air. D'ailleurs il a dû en avoir plusieurs, vu qu'il a écrit pendant des années. »

Pour finir, je lui donnai la photo de Paul sortant de la salle de bains.

« On dirait presque un petit garçon, fit Daniel en souriant. Excepté...

– Je sais.

– Mais où est-ce que ça a été pris ? Ce n'est pas chez vous, n'est-ce pas ?

– Non. Je suppose que c'était chez l'autre garçon. Chez M. Je crois que c'est lui qui a pris la photo. »

Maman lisait quand je rentrai.

« Tu en as mis un temps.

– Oui, je suis passé chez Daniel en revenant. »

Elle me dévisagea et plissa le front.

« Viens ici, que je voie un peu. Je te trouve encore un peu pâlot. »

Elle posa sa main sur mon front.

« Dis donc, Jonas, tu es encore un peu fiévreux, maugréa-t-elle. Je crois qu'il vaut mieux que tu restes à la maison une journée de plus. Qu'en penses-tu ?

– Oui, ça vaut sans doute mieux », répondis-je.

Et je crois bien que je m'endormis avec un sourire aux lèvres.

ONZE

La porte d'entrée se referma. Maman était partie.

Je m'assis par terre devant les penderies. Je restai un long moment assis là, à contempler les socles peints en blanc. Je n'osai pas encore entreprendre quoi que ce soit. Et si je m'étais trompé ?

Le placard de gauche se trouvait dans l'angle du mur qui donnait sur l'entrée. Cela rendait la plinthe difficilement accessible. J'agrippai le socle du placard de droite. Mais il était bien fixé et ne bougea pas d'un pouce. Je cognai doucement ; il me sembla qu'il était creux, comme ceux de l'entrée.

Je me penchai et examinai la partie latérale du socle ; j'aperçus un interstice minuscule entre le panneau de devant et le socle lui-même. J'allai chercher un couteau.

J'insérai avec précaution la pointe du couteau dans l'interstice. Un millimètre, puis deux, puis trois. Puis je donnai un coup sec sur le manche. Le panneau bougea d'un millimètre.

J'engageai plus de la moitié de la lame dans la fente ainsi obtenue et fis bouger le couteau à plusieurs reprises. Enfin je frappai avec force. La plinthe tomba d'un seul coup à mes pieds.

Mon cœur cessa de battre.

Ma main tremblait lorsque je reposai le couteau. Je me penchai et regardai à l'intérieur du socle. Je ne vis d'abord que poussière. Et quelques poissons d'argent qui s'agitaient en tous sens, affolés par la lumière du jour. Et là, derrière les moutons de poussière et les poissons d'argent, il y avait un carton.

Je ne pus retenir une exclamation.

Puis je tirai la boîte vers moi.

Quelqu'un avait découpé le haut du carton sur quelques centimètres pour le mettre à la bonne taille ; il passait tout juste sous le socle. Je ne pus deviner le nom de la marque inscrit sur les côtés, car les lettres étaient à moitié coupées. Et il n'y avait rien d'écrit sur le couvercle. Mais quelqu'un avait dessiné un crâne et deux os en croix sur la surface gris-brun.

J'avais trouvé le coffre à trésors de Paul.

Je souris en direction du carton comme s'il s'était agi d'un être vivant. Un être aimé. J'escamotai la poussière et remis provisoirement en place le panneau de devant.

Et je frissonnai au poids du carton.

Je soulevai alors le couvercle. Et là, parmi quelques lettres, photographies et autres papiers, je vis ton journal. Ce carton m'avait attendu dans l'obscurité pendant près de dix-huit ans. Dix-huit années de poussière et de saleté avaient presque obstrué l'ouverture de la cachette de Paul. Mais je l'avais découverte.

Je soulevai le journal avec précaution. C'était le même cahier que celui que tenait Paul sur la photo que j'avais trouvée au grenier. Ou un cahier identique, en tout cas. Une étiquette ornait la couverture, mais cette fois ce n'était plus l'écriture de maman. Voilà donc ton écriture, Paul, pensai-je. Et je lus :

Paul Lundberg. Journal n° 4. Le 24 décembre 1968 –

« Ça doit être ton dernier journal », murmurai-je.

Je reposai le journal et examinai le reste du contenu. Il y avait, entre autres, deux photographies de l'autre garçon. La première devait être une photographie prise à l'école. Il regardait droit dans l'appareil, la tête un peu penchée, un sourire aux lèvres. Sur l'autre photo – une photo en couleurs, prise sur une plage – on le voit debout au bord de l'eau, dans un peignoir de bain jaune. Il rit en direction du photographe, il a les bras écartés. Comme une croix. Le peignoir entrouvert laisse deviner – au moins en partie – son corps complètement nu.

Je retournai la photographie. Je reconnus la même écriture que sur la lettre que j'avais trouvée au grenier. *Mému malému Princi. Tvůj* Milenec.

« Milenec ! susurrai-je. Alors c'est ça, ton nom. »

Je contemplai l'image rieuse de Milenec.

« Qu'es-tu devenu à la mort de Paul et Princi ? »

Je pris les trois enveloppes ; elles étaient adressées à Paul. Et l'écriture était celle de Milenec.

Je dus m'allonger sur mon lit. J'avais l'impression que la chambre tournait, tournait. J'étais tout étourdi. Et en proie à une vive émotion.

C'était la première fois que je mettais en doute mes recherches. Avais-je vraiment le droit de fouiller dans les affaires que mon frère avait cachées ? Avais-je le droit de chercher à percer ses secrets ? Et, en ce cas, qu'est-ce qui m'y autorisait ?

Je fermai les yeux et chuchotai ton nom, espérant que tu entrerais en communication avec moi et me donnerais ton assentiment.

Mais je n'entendis rien.

Je me levai d'un bond et allai dans la cuisine. Les restes de mon petit déjeuner étaient encore sur la table de la cuisine. J'allumai la radio et débarrassai. Puis je remplis l'évier d'eau et me mis à faire la vaisselle.

Une demi-heure plus tard, je regagnai ma chambre. Je me tins un instant dans l'embrasure de la porte et fixai le carton et son contenu.

L'une des enveloppes était tombée à terre au moment où j'avais quitté mon lit. Je m'approchai et la ramassai. Un coin de la lettre était sorti de l'enveloppe. Deux mots attirèrent mon attention : « ... signifie frère... »

Mon sang ne fit qu'un tour.

Je dépliai la lettre.

Ahoj můj bratře !

Je rêve de toi à longueur de journée. Sans parler de mes nuits. C'est pourquoi je ne peux me retenir de t'écrire, Princi. Bratr *signifie "frère" en tchèque. Maman m'a raconté qu'elle connaissait deux types à Prague qui vivaient ensemble et qui s'appelaient* bratr *entre eux. Alors on peut dire que toi et moi, qui n'avons ni frère ni sœur, avons trouvé chacun son frère.* Ahoj můj bratře ! *(Salut mon frère !) Et n'oublie pas de demander à tes parents si tu peux dormir chez moi pendant la nuit de Walpurgis.*

A vendredi. Je t'embrasse !

P.S.

Je m'esclaffai. C'était le signe que j'avais attendu. Paul avait trouvé un frère. Et on peut tout raconter à son frère.

Je retournai la lettre. Il n'y avait rien d'écrit au verso.

« Pourquoi écris-tu P.S. alors que tu omets le post-scriptum, Milenec ? »

Je pris les deux autres lettres et m'allongeai sur le lit.

Ahoj Paul !

J'ai parlé de toi à maman aujourd'hui. Au début elle a eu l'air un peu triste, mais quand je lui ai dit qui tu étais et ce que je ressentais pour toi, elle s'est un peu consolée. Mais elle pense qu'il vaut mieux ne rien dire à papa. Pour le moment, en tout cas. Elle m'a dit qu'elle m'aiderait à le lui annoncer un peu plus tard. Ensuite elle m'a demandé comment je t'aimais. J'ai répondu : Stává se smrtelně důležitym. *Ça l'a fait rire. (Ça veut dire que je ne peux pas vivre sans toi, Princi.) Et elle m'a parlé de ces deux types qu'elle connaissait à Prague. Mais c'est dur d'être* bratr *en Tchécoslovaquie. Il y a tellement de préjugés. Et ça ne doit pas être plus facile aujourd'hui, avec le nouveau régime soviétique.*

Avant j'étais un peu inquiet d'être bratr. *Parfois ça me rendait même triste. Mais maintenant que je t'ai rencontré, je n'ai plus rien contre.*

Bon, ça suffit pour aujourd'hui. A bientôt, můj bratře *!*

Milenec

Je repliai la lettre et la remis dans l'enveloppe. Puis je commençai à lire la troisième et dernière lettre. Il me fallut peu de temps pour comprendre qu'il devait s'agir de la première lettre que Milenec avait écrite à mon frère.

Salut Paul !

Je suis vraiment content que Monsieur Håkansson m'ait convaincu de poser dans ta classe. Sinon on ne se serait peut-être jamais rencontrés. J'ai compris que tu n'étais pas comme les autres dès l'instant où tu es entré dans la salle de classe. Et j'ai bien vu que tu me regardais. Sauf que moi, j'osais à peine répondre à ton regard. C'était déjà bien assez d'être là, tout nu, devant toute la classe. Je ne m'étais pas attendu à être aussi nerveux. Dans ma famille, on n'a jamais eu peur de se montrer nu les uns aux autres. Mais c'était une autre histoire que de se retrouver nu sur le bureau, devant tous les élèves. Surtout après t'avoir vu entrer dans la salle. J'ai tout de suite deviné que tu étais comme moi. Tu l'as deviné, toi aussi ?

Et puis j'étais tellement heureux de te voir à la sortie de l'école, juste après. J'ai rêvé de toi cette nuit-là et la nuit dernière aussi. Papa et maman m'ont fait remarquer que j'avais l'air tout heureux. Mais je n'ai pas osé leur expliquer pourquoi j'étais aussi heureux. Ils ne savent rien. Mais un jour, je le leur dirai.

La photo que je t'envoie a été prise à l'école l'année dernière. J'ai pensé que tu voudrais peut-être l'avoir. Je serais vraiment très content si tu me donnais une photo de toi.

Je voudrais bien te revoir, Paul. Te revoir bientôt, je veux dire. On pourrait peut-être se voir en ville samedi prochain, et aller se promener, ou faire ce qui te plaira. On peut se donner rendez-vous dans la rue piétonne devant Epa, vers onze heures. Appelle-moi si tu ne peux pas venir. Mais j'espère bien que tu pourras. Et que tu auras envie. Je t'aime bien, Paul.

A bientôt ! Petr

« Petr ? »

D'abord, je fus tout décontenancé.

« Petr ? Mais tu t'appelles Milenec ! »

Puis je me rappelai.

Je sortis mon coffret et cherchai les photographies de Milenec.

« Zut ! C'est Daniel qui les a. »

Mais l'image se fit plus précise.

Je feuilletai l'album jusqu'à l'endroit où j'avais vu la photo. « Gagné ! »

C'était dans la légende qui accompagnait la photo que j'avais vu ce nom.

"*Kammarviken, mars 1969. Petr je tady.*"

Je souris et fus tout heureux. J'imagine que tu ressentais la même chose le jour où tu as vu les renardeaux, Paul.

Je jetai un coup d'œil à mon réveil. Deux heures moins vingt.

Chic alors ! La bibliothèque allait ouvrir.

« Avez-vous un dictionnaire de tchèque ? » demandai-je à la personne qui se trouvait là.

Elle retira ses lunettes et me dévisagea.

« Euh, non. Je ne crois pas. Attends, je vais vérifier. »

Elle compulsa son fichier.

« Non, on n'a pas de dictionnaire bilingue tchèque-suédois. Mais il doit y avoir un dictionnaire tchèque-anglais parmi les ouvrages de référence. Est-ce que ça t'ira ?

– Oui, ça fera l'affaire, fis-je en souriant.

– Mais tu ne peux pas l'emprunter, poursuivit-elle. Tu dois le consulter sur place.

– Ça ira. Je veux seulement vérifier quelques mots. »

Je me mis à feuilleter l'ouvrage.

Látka, lhář, lump, matematika, mimořadny...

« Ça doit être par là. »

Je parcourus les rangées de mots. Enfin je trouvai celui que je cherchais en plein milieu de la page.

milenec / mi-le-nets / m. lover

« Lover ! » m'esclaffai-je. Milenec n'était pas un nom. Milenec était le mot qu'employait mon frère pour désigner son ami.

« Amant, murmurai-je tout bas. Le prince et son amant. »

DOUZE

Je me fis violence pour ne pas ouvrir le journal de Paul avant le vendredi soir. Papa et maman avaient l'intention de regarder un film à la télé. Je restai un moment avec eux dans le salon.

« Je ne tiens pas à voir le film, dis-je en me levant. Je vais lire au lit. Bonne nuit ! »

Ils me regardèrent avec étonnement.

« Il n'est que neuf heures et demie, dit papa.

– Tu n'es pas en train de retomber malade ? s'enquit maman.

– Non, je vais bien. Je me sens juste un peu fatigué. Bonne nuit ! »

J'empilai les oreillers contre le mur, me déshabillai et me glissai sous la couette, ton journal à la main.

Mardi 24 décembre 1968.

Il est bientôt une heure du matin, ce qui fait qu'on est déjà mercredi. Nous sommes allés chez mamy et papy en fin de matinée. Je leur ai offert un bougeoir que j'avais fait en travail manuel. Mamy m'a donné un pull et papy un livre. Nous avons bu le café. Ensuite nous sommes rentrés. Daniel est venu dans l'après-midi. Nous avons réveillonné, puis papa a prétendu qu'il avait un truc à acheter au kiosque.

Mais j'ai dit que je ne croyais plus au Père Noël. J'ai quinze ans, quand même. Ça a fait rire Daniel et maman, mais papa a eu l'air un peu peiné. Enfin c'est lui qui a distribué les cadeaux. Il m'a donné ce journal ainsi que le disque de la comédie musicale Hair. *Maman m'a acheté un jean, mais il va falloir que je le change. Il est trop grand. Daniel essaie de me faire aimer le jazz. Il m'a acheté un disque de Dave Brubeck. Ça me plaît assez, en fait. Je trouve un peu bizarre de fêter Noël. C'était amusant quand j'étais petit. Maintenant, ça me fatigue plus qu'autre chose.*

Vendredi 27 décembre 1968.

Je suis allé en ville avec papa ce matin. J'ai échangé le jean contre un autre qui me va beaucoup mieux. Ensuite papa m'a offert un verre, et nous nous sommes séparés. J'ai rencontré Elisabeth et Carina sur la place. Elles voulaient que je vienne fêter le 1er de l'An chez Anders. J'ai répondu que j'avais déjà prévu autre chose. Je n'ai aucune envie de voir Göran ou Jan après ce qui s'est passé la veille de la Sainte-Lucie. Ce soir je suis resté un moment chez Daniel. Il m'a montré son nouvel appareil photo. Un Nikon. On a parlé de se prendre en photo bientôt. J'avais envie de lui parler de ça mais je n'ai pas pu m'y résoudre. Je crois qu'il est comme moi. Ce n'est pas seulement le fait qu'il n'ait pas de petite amie. Il y a autre chose. C'est une impression que j'ai. Et bien qu'il soit beaucoup plus âgé que moi, je le considère comme un copain. Comme un grand frère, presque.

Parfois Paul rapportait des événements dont j'avais

entendu parler par papa et maman. Dans l'ensemble c'était des choses sans intérêt. Il mentionnait assez souvent Daniel.

Ce n'était pas un dimanche qu'avait eu lieu leur séance de photographies, comme le croyait Daniel. C'était le vendredi 17 janvier 1969. Et le récit de Paul différait quelque peu de la version qu'en avait donné Daniel.

… *Puis Daniel a commencé à dire qu'il me trouvait beau. Qu'il aimait mes yeux. Je ne savais pas quoi répondre. Il m'a dit qu'il voulait prendre des photos de moi, mais pas seulement de mon visage. Je lui ai demandé ce qu'il voulait dire, et finalement il m'a dit qu'il voulait me photographier nu. J'en suis resté baba, et puis je me suis dit que ça pourrait être rigolo. Mais j'étais vachement crispé. Je me suis déshabillé pendant qu'il était aux toilettes. Il semblait nerveux lui aussi. Mais il n'a pris qu'une photo, car le téléphone a sonné…*

Je continuai à lire. Et ris à la lecture d'un événement datant de fin février 1969. Paul raconte que papa avait entrepris de visser toutes les plinthes des penderies pour qu'elles ne tombent plus, « *mais j'ai dit que je voulais qu'on me laisse en paix dans ma chambre, qu'il n'avait qu'à le faire une autre fois. Ou que je pouvais m'en charger moi-même. Il a eu l'air un peu irrité mais il a été d'accord. J'espère qu'il va oublier. Sinon, il va falloir que je trouve une autre cachette. Ou que je me contente de l'autre.* »

Il avait donc eu une autre cachette. Je m'en étais un peu douté, puisque je n'avais retrouvé que le journal numéro quatre. Les autres cahiers ne pouvaient pas s'être volatilisés comme ça. Mais j'étais persuadé que cet autre endroit ne se trouvait pas dans ma chambre.

Puis je tombai sur le premier passage où il était fait mention de Petr. Ou Milenec.

Jeudi 13 mars 1969.

Quelle journée extraordinaire ! Nous avons eu cours de dessin les deux dernières heures. Håkansson nous a annoncé que nous allions faire quelque chose que nous n'avions jamais fait auparavant, à savoir un dessin d'après modèle. Je croyais que nous allions nous dessiner les uns les autres. Mais quand nous sommes entrés dans la salle de dessin, j'ai vu un garçon assis qui nous attendait. Il était tellement beau que je suis devenu tout rouge. Et j'ai vu que Göran rougissait lui aussi. Le garçon avait seulement un peignoir sur lui, et quand Håkansson a eu fini de parler, il l'a enlevé et s'est assis sur le bureau. Il était entièrement nu. Je ne pouvais détacher mes yeux de lui. D'une certaine manière il semblait plus dénudé que quand les autres enlevaient leurs vêtements dans les vestiaires. J'ai commencé à bander. Et je tremblais en dessinant. Mais Håkansson était satisfait du résultat, bien qu'il trouve que je dessine trop joliment. Et j'ai rougi une nouvelle fois. Quelquefois je crois qu'il comprend. Et ensuite, après l'école, j'ai revu le garçon qui avait posé comme modèle. Il sortait de la boutique à côté de l'école au moment où je m'apprêtais à y entrer. Il a dit « Salut ! » et a souri. Et moi je n'ai rien trouvé de mieux que de lui faire un signe de tête en rougissant...

Je crois bien que je n'ai jamais lu aussi vite avant ce jour. Et jamais une lecture ne m'avait autant captivé que le journal relatant les six derniers mois de la vie de mon frère. Je ne pouvais pas m'arrêter. Maman vint me souhaiter bonne nuit avant d'aller se coucher. Papa dormait déjà. Je continuai à lire. Et j'étais littéralement bouleversé quand j'eus achevé la lecture du journal.

Je feuilletai en arrière, relus plusieurs passages. Le sang cognait contre mes tempes et je crois bien que j'ai pleuré.

Je dus aller aux toilettes. Mon visage était blême dans le miroir. J'avais les yeux rouges et tout gonflés. J'aspergeai mon visage d'eau froide pour retrouver mes esprits.

La pendule de la cuisine indiquait deux heures et demie. Une lueur pointait déjà au dehors.

J'éteignis ma lampe de chevet et me recroquevillai sous la couette, les yeux fermés. Mais je ne sais pas si j'étais endormi ou éveillé. Je fermai les yeux, et me remémorai toute l'histoire de Paul. L'histoire de mon frère Princi et de son amant.

TREIZE

« Où vas-tu, Paul ? lança un de ses camarades.

– Je vais m'acheter des bonbons à côté. Ensuite je prends le bus pour aller en ville, répondit-il. J'ai des courses à faire. A demain ! »

Il traversa la cour et descendit le long du sentier qui menait à la grand-route et à la boutique qui fournissait l'école en bonbons.

Au moment où il allait saisir la poignée, la porte s'ouvrit.

« Salut ! »

Paul leva les yeux.

« Salut ! balbutia-t-il en rougissant.

– Je t'ai vu en classe il y a un instant, dit l'autre garçon. Comment t'appelles-tu ?

– Paul.

– Je m'appelle Petr.

– Petr ? »

L'autre rit.

« Oui, Petr. Mais tout le monde ou presque dit Peter. Petr, ça fait sans doute drôle, ce nom tronqué. C'est un prénom tchèque. Ou plutôt, c'est la forme tchèque de Peter. C'est de là que je viens.

– Ça fait combien de temps que tu habites ici ? demanda Paul.

– Neuf ans. »

Ils se turent. Et Paul baissait les yeux.

« Tu voulais t'acheter quelque chose ?

– Quoi ? Ah, oui. Attends », dit Paul en entrant dans la boutique.

Il se sentait plus calme en sortant. Et Petr était resté là à l'attendre.

« Tu rentres chez toi ? demanda-t-il à Petr en lui offrant un caramel.

– Je ne sais pas. Je crois que oui. Et toi, qu'est-ce que tu fais ?

– Je pensais aller en ville. Je n'ai rien de spécial à faire. Je vais juste faire un tour.

– Alors on peut peut-être y aller ensemble ? »

« On pourrait boire un verre au café du port, proposa Petr quand ils descendirent du bus. Ça te dit ?

– D'accord. »

Paul était encore tout retourné. Il avait du mal à réaliser qu'il était entré en contact avec l'autre garçon. Ils marchaient côte à côte ; et il s'efforçait de garder la même allure que Petr. De temps en temps, il l'observait à la dérobée. « Quels yeux magnifiques », pensait-il.

Petr sentait que Paul le regardait et se tournait vers lui. Il souriait.

Ils s'assirent près de la fenêtre qui donnait sur le port. Petr pointa son doigt en direction d'une des grandes grues.

« C'est là que mon père travaille, expliqua-t-il. Dans la grue verte, là-bas.

– Tu es déjà monté tout en haut ?

– Non, c'est terriblement haut. Je n'ai pas osé, dit Petr en riant. Et toi, tu oserais grimper jusqu'au sommet ?

– Oui, je crois. Ça serait chouette. »

Puis ils se turent.

« Et le dessin que tu as fait de moi, il est réussi ? »

Paul sourit, un peu gêné, et regarda par la fenêtre.

« Bof, je ne sais pas. Mais Monsieur Håkansson m'a dit qu'il le trouvait trop joli. »

Petr rit.

« Trop joli ? Qu'est-ce qu'il voulait dire par là ?

– Enfin il n'a pas dit ça comme ça. Mais à peu près. Je ne sais pas exactement ce qu'il voulait dire.

– Et toi, tu le trouves trop joli ? »

Paul hésita.

« Non, ça ne te ressemble pas du tout. »

Petr rit à nouveau, et tendit la main. Paul rougit au contact de cette main et eut peur que quelqu'un les voie.

« De quoi as-tu peur ? »

Paul haussa les épaules.

« Tu n'as pas à avoir peur de quoi que ce soit, poursuivit-il. Le pire qui puisse arriver, c'est que des gens dont nous n'avons rien à faire fassent des commentaires. Mais comme ces gens-là ne sont rien pour nous, ça n'a absolument aucune importance. N'est-ce pas ? »

Paul était toujours silencieux.

Alors Petr se pencha par-dessus la table et lui chuchota : « Tu sais, je t'ai vu dès que tu es entré dans la salle de dessin. C'était comme si... nous étions pareils. Car nous *sommes* pareils, non ? Et j'ai tout de suite eu envie de faire ta connaissance. Je crois qu'on pourrait être copains. Amis. Tu comprends ? »

Paul acquiesça. Et songea que les battements de son cœur devaient s'entendre jusqu'au comptoir situé dans l'autre pièce.

« Je voudrais bien devenir ton ami, poursuivit Petr. Tu veux bien toi aussi ?

– Je veux bien, oui. »

Ils se promenèrent dans le port. Petr parla de ses parents ; il raconta que ceux-ci auraient voulu rentrer en Tchécoslovaquie, mais que c'était impossible maintenant, après l'invasion des troupes soviétiques.

« Vous vous êtes enfuis de Tchécoslovaquie ?

– Non. Nous avons déménagé. D'abord en Allemagne. Papa a trouvé du travail dans le port de Hambourg. C'est là qu'il a appris à manœuvrer les grues. Mais l'année d'après nous sommes venus ici. Nous avions pensé repartir au bout d'un an, mais finalement nous sommes restés plus longtemps. Et puis l'année dernière les Soviétiques ont envahi la Tchécoslovaquie, alors maintenant nous devons rester.

– Pourquoi est-ce que vous ne pouvez pas rentrer chez vous ?

– Rien ne nous en empêche. Mais il y a tellement d'histoires là-bas. On ne sait pas ce qui peut arriver. Il y a beaucoup trop d'agitation. C'est plein de soldats et de policiers partout. Je ne veux pas retourner là-bas. Et papa et maman veulent rester eux aussi. Pour l'instant. »

Ils s'assirent sur un banc, près de l'endroit où les pêcheurs vendaient leur poisson à la criée.

« Une fois je suis tombé de vélo, ici, expliqua Paul en montrant les rails. Je me suis retourné pour regarder un... quelqu'un que je connaissais, et je n'ai pas vu la voie ferrée. La roue avant s'est prise dans le rail, et je me suis cassé la figure. Une vieille dame est venue m'aider. Et je pleurais. Pas parce que ça faisait mal, mais parce que j'avais abîmé ma nouvelle veste. »

Petr le dévisageait pendant qu'il parlait. Il n'avait pas l'air de l'écouter.

« Ça y est, j'ai trouvé ! s'écria-t-il subitement.

– Quoi donc ? s'étonna Paul.

– Je me disais bien que tu ressemblais à quelqu'un. J'y ai pensé à la minute où je t'ai vu. Mais je n'arrivais pas à me rappeler qui. Mais maintenant je me rappelle.

– Je ressemble à qui ?

– Tu ressembles à un garçon qui était dans un album que me lisait ma grand-mère quand j'étais petit, à Prague. C'était un livre de contes. Avec des illustrations magnifiques.

– Et de quoi parlait ce conte ?

– *O malém princi.*

– Qu'est-ce que tu as dit ?

– Ça parlait d'un petit prince », dit Petr en souriant.

Quelques jours plus tard, Paul était assis sur la barrière qui bordait le parking sur la place, et attendait que Petr le rejoigne. Il avait reçu une lettre dans laquelle Petr avait écrit qu'il voulait le rencontrer. La mère de Paul avait ri tandis qu'il la lisait. « Tu as rencontré une fille ? avait-elle demandé. Tu as l'air tout heureux. » Mais il s'était contenté de rire.

Il regarda sa montre. Petr avait dit onze heures, et il était déjà onze heures dix. Et s'il ne venait pas ?

Il regardait en direction des arrêts dès qu'il entendait un bus. Mais il ne savait pas encore où Petr habitait, et donc il ignorait par quel bus il arriverait.

Soudain il sentit un souffle dans sa nuque. Et avant qu'il ait eu le temps de se retourner, il entendit une voix qui disait : « Je crois que je suis un peu amoureux de toi. »

Paul sentit son cœur s'embraser.

« Qu'est-ce que tu dis ? » demanda-t-il tout souriant quand Petr eut sauté par-dessus la barrière.

« Tu as très bien entendu, dit il. J'ai pensé qu'il valait mieux que je te le dise tout de suite. Avant que tu puisses me voir. Sinon je n'aurais peut-être jamais osé. »

Paul rit et sauta de la barrière.

« D'accord, j'ai entendu.

– Alors ? dit Petr. Tu n'as rien à dire, toi ?

– Moi ? Pourquoi ? »

Petr leva les bras au ciel.

« Ils font toujours ça dans les films », expliqua-t-il.

Paul rit et retira un papier de sa poche de devant.

« Alors on va dire que c'est un film muet », dit-il, et il mima un « Tiens ! » silencieux.

Petr déplia la feuille.

Je suis cet autre
celui qui longtemps a attendu
ce qui semblait ne jamais devoir arriver
Je suis cet autre ;

celui-là même qui t'a attendu
Je crois que nous sommes
amis

Petr leva les yeux et regarda Paul. Puis il se pencha vers lui et déposa un baiser furtif sur sa joue.

« N'aie pas peur, Paul, chuchota-t-il. Regarde autour de toi. Les gens sont bien trop occupés. Personne ne s'intéresse à ce qu'on fait. Et à supposer que quelqu'un nous voie, quelle importance ça a ? C'est *toi* qui as attendu. Toi et moi. Et après avoir attendu aussi longtemps, nous n'allons quand même pas nous empêcher nous-mêmes de faire ce que nous avons attendu de pouvoir faire. N'est-ce pas ?

– Non, bien sûr, répondit Paul. Mais je suis un peu mal à l'aise, malgré tout. Peut-être pas avec toi, mais vis-à-vis des autres. Je veux... je veux qu'on soit au calme tous les deux. Seulement toi et moi, je veux dire. Rien que nous deux. »

Petr hocha la tête.

« C'est ce que je veux moi aussi, dit-il. On peut aller chez moi, après. Papa et maman doivent rendre visite à quelqu'un cet après-midi. Ils rentreront tard ce soir. Et donc nous serons seuls. »

Petr ouvrit la porte d'entrée et se précipita à l'intérieur.

« Il faut que j'aille aux toilettes. Tout de suite ! »

Paul entra dans la cuisine et s'assit. Il entendit le bruit de la chasse d'eau. Puis une porte qu'on ouvrait.

« Où es-tu ? cria Petr.

– Dans la cuisine. Il y a un mot sur la table.

– Qu'est-ce que ça dit ? demanda Petr de l'entrée.

– Il y a écrit *Petr. Jdes... jdes mi na ner... nervy*. Bah, je ne peux pas lire. »

Petr rit et prit le mot.

« Qu'est-ce que ça veut dire ? demanda Paul.

– C'est maman. Elle n'est pas très contente parce que j'ai oublié de ranger après avoir pris mon petit déjeuner. Je n'ai pas l'habitude d'oublier, mais je n'avais pas toute ma tête au moment de venir te voir.

– Elle est fâchée, alors ?

– Mais non. Pas du tout. Juste un peu. Elle trouve seulement que je lui tape un peu sur les nerfs. » Il s'assit en face de Paul. « Tu veux quelque chose ? Du café ? Du thé ? »

Paul secoua la tête.

« Rien ?

– Non.

– Tu es sûr ? »

Paul rit.

« Oui, je suis sûr. Lâche-moi un peu. Tu as l'intention de jouer avec mes nerfs à moi aussi ?

– Non, j'ai seulement pensé que tu voulais peut-être quelque chose.

– Et qu'est-ce que ça serait ?

– Moi », répondit Petr. Et il sourit. « Viens, je vais te faire visiter. »

Une photographie encadrée attira le regard de Paul dans le séjour. C'était le portrait d'un jeune homme aux yeux sombres. Son sourire rappelait celui de Petr.

« C'est quelqu'un de ta famille ?

– Non, répondit Petr. C'est Jan Palach. Celui qui s'est brûlé vif, il y a quelques mois.

– Quoi ? Qu'est-ce que tu racontes ?

– Il s'est donné la mort en se brûlant lui-même en janvier dernier. En signe de protestation contre le nouveau régime en Tchécoslovaquie. »

Paul avait les yeux rivés sur la photographie.

« Ça s'est passé où ?

– A Prague. Sur la *Václavské náměstí.* C'est une grande place. Ça a eu lieu juste devant le Musée National, près de la statue. Mais il n'est pas mort tout de suite. Des gens ont essayé d'éteindre le feu. Et on l'a transporté à l'hôpital. Ce n'est que quelques jours plus tard qu'il est mort de ses blessures.

– Mon Dieu ! C'est insensé. Il n'a pas l'air d'être plus âgé que nous. Mais c'est peut-être une vieille photo ?

– Non, elle doit être récente, répondit Petr. Il n'était pas très âgé. Il avait vingt ans, je crois. Seulement quelques années de plus que moi. C'est maman qui a encadré sa photo. Elle l'a découpée dans un journal. Il fait presque figure de saint en Tchécoslovaquie, maintenant. Les gens vont en pèlerinage sur la place Vaclav et sur la tombe de Jan Palach pour honorer sa mémoire, et pour manifester contre le régime. » Il se tut un instant. « Nous avons reçu une lettre de grand-mère environ une semaine après sa mort. Grand-père et elle étaient tout près quand ça s'est produit. Ils sont arrivés à la statue en même temps que l'ambulance. Ça sentait l'essence et la chair grillée. C'était effroyable.

– Ta grand-mère le connaissait ? »

Petr secoua la tête.

« Je ne crois pas. Elle le connaissait peut-être de vue, mais je n'en sais rien. Il n'était pas originaire de Prague, mais d'un petit village des environs. Ceci dit, mon cousin Saša était dans la même corporation estudiantine que Palach, et donc il le connaissait. Il a participé à la grève de la faim qui a eu lieu devant le Musée National après la mort de Palach. Mais mon oncle l'a obligé à y renoncer. Ils avaient peur que Saša ne meure lui aussi.

– Mais est-ce que ça a changé quelque chose ? Le fait qu'il se soit suicidé en se brûlant ?

– Non, je ne crois pas. Encore que si, peut-être. Son acte a sans doute eu pour effet de rassembler les gens, de leur faire réaliser la gravité de la situation, commença Petr. Mais ceux qui auraient dû se sentir visés par cette protestation, à savoir les forces d'occupation, n'ont pas eu l'air de s'en soucier le moins du monde. Ils ont même le culot de prétendre que Jan Palach était "victime des insuffisances du système scolaire tchèque", lequel ne lui avait manifestement pas appris la vérité sur le marxisme-léninisme. Mais papa dit que le peuple tchèque n'a que trop bien appris ce que cette vérité signifie. »

Paul marmonna quelque chose d'incompréhensible.

« Qu'est-ce que tu dis ?

– Je dis seulement que c'est terrible quand on en arrive à croire que le seul moyen de changer quelque chose, c'est de se donner la mort en se brûlant soi-même. C'est exactement comme ces moines à Saigon, il y a quelques années. Tu te rappelles ? Ils se sont immolés de la même façon. Et il s'est même trouvé des gens pour les filmer. C'est de la folie ! Ils savaient à l'avance qu'ils allaient se suicider sous leurs yeux, et au lieu d'empêcher que ça se produise, ou en tout cas de leur venir en aide, ils installent leurs caméras et se mettent à filmer !

– Oui, je sais. Mais personne n'a filmé Jan Palach. Personne n'était au courant. Mis à part les autres étudiants. Ceux qui devaient se brûler eux aussi.

– Quoi ?

– Ben oui. Ils étaient plusieurs à avoir prévu de se donner la mort. A la suite de Palach. Mais ils ne l'ont pas fait, finalement. Je ne sais pas pourquoi. Peut-être qu'ils n'osent pas, après tout. Ou peut-être estiment-ils que la mort de Palach a fait suffisamment de bruit comme ça. Je ne sais pas. Ils étaient une bonne douzaine à devoir se brûler, les uns après les autres. Ils ont tiré au sort pour savoir qui serait le premier. Et c'est tombé sur Palach. Et puis zut, je ne veux plus parler de ça. C'est trop triste. Viens, je vais te montrer ma chambre. »

Paul s'assit sur le lit, tout près de Petr. Il promenait un regard curieux dans la pièce, et revenait toujours aux trois tableaux accrochés au mur, juste au-dessus du lit. Des tableaux étranges, composés de papillons épinglés et encadrés. Des centaines de papillons.

« Ils te plaisent ? » demanda Petr.

Paul hésita avant de répondre.

« Je ne sais pas.

– Tu ne sais pas ?

– Non. C'est une belle collection. Les papillons sont jolis. Mais ça a un côté monstrueux, en même temps.

– Oui, je sais. Je n'arrive pas non plus à trancher, dit

Petr. C'est mon oncle Luba qui m'en a fait cadeau. Il a collectionné les papillons toute sa vie. Et quand nous avons quitté Prague, il m'a donné ces tableaux en guise de cadeau d'adieu. » Il se mit à genoux et désigna du doigt un des papillons. « C'est le plus beau de tous, je trouve. Il vient d'Amérique du Sud. Là-bas on l'appelle clair d'argent. Son vrai nom est écrit ici : "Argyrophorus argenteus". On dirait presque un papillon blanc sous cet éclairage. Mais parfois les ailes scintillent comme de la nacre. Et quand elles sont touchées par les rayons du soleil, tout là-haut dans les Andes, elles étincellent comme de l'argent. Regarde ! On dirait presque que les ailes sont en argent. Qu'est-ce qu'il est beau ! Tu ne trouves pas ? »

Puis il se rassit. Il prit la main de Paul et la caressa.

« Mais tu es encore plus beau, dit-il. Tu es bien le plus beau de tous. »

Et il se pencha vers Paul et lui donna un baiser sur la joue.

Paul sentit une vague de chaleur l'envahir ; il se pencha en arrière et attira Petr vers lui.

« Viens ! dit-il. Viens plus près. »

Petr s'allongea tout contre lui ; il caressa du doigt les sourcils de Paul.

« *Můj maly princi*, chuchota-t-il, *můj maly*, *maly princi.* »

Paul sentit son haleine contre son visage, une haleine chaude, presque brûlante. Comme s'il avait de la fièvre. Mais Petr sourit quand Paul lui posa la question.

« Non, je ne crois pas. Ou alors, c'est toi qui en es la cause. »

Et ils s'embrassèrent.

C'était le soir et Petr avait raccompagné Paul jusqu'à l'arrêt de bus.

« Il faut qu'on se revoie bientôt, dit Petr. Sinon je vais devenir fou. »

Paul rit.

« Bien sûr qu'il faut qu'on se revoie, répondit-il. Sinon je vais dépérir. »

Petr le serra dans ses bras, et à présent Paul n'avait plus peur que quelqu'un puisse les voir. Il sentit ce corps tout contre le sien, et sentit que son propre corps commençait à réagir.

Petr le sentit lui aussi. Il le serra encore plus fort, puis il relâcha son étreinte et fis un pas en arrière.

« Attention, danger ! s'esclaffa-t-il.

– Oui, mais c'est sacrément excitant ! »

QUATORZE

« Tu as reçu une lettre, lui dit sa mère quand il rentra de l'école. Et quelqu'un a appelé pour toi. Je crois qu'il s'appelait Peter.

– Ça devait être Petr, dit Paul en retirant sa veste en daim. Ce n'était pas ce nom-là ?

– Petr ?

– Oui, c'est un nom tchèque.

– Peut-être qu'il a dit Petr. Je ne sais plus. Tiens, voici la lettre.

– Merci. Il n'a pas dit s'il rappellerait ?

– Si, c'est ce qu'il me semble. Qui est-ce, au fait ?

– Quelqu'un que j'ai rencontré il n'y a pas très longtemps.

– A l'école ?

– Oui. »

Le téléphone sonna. Il entendit maman qui répondait.

« C'est pour toi, Paul. C'est Peter... Petr, je veux dire. »

Il saisit le combiné.

« Salut Princi ! C'est moi.

– Salut ! Merci pour ta lettre. Je n'ai pas encore eu le temps de demander si je pouvais dormir chez toi pendant la nuit de Walpurgis.

– Ça ne fait rien. Tu demanderas plus tard. Pour l'instant, il faut que tu demandes autre chose à tes parents. C'est encore plus important.

– Que dois-je demander ?

– Si tu peux dormir chez moi demain soir.

– Demain ?

– Oui, papa et maman vont chez des amis à Kalmar. Ils vont voir le match de hockey Union soviétique – Tchécoslovaquie, et ils ne rentreront que samedi soir.

– Attends, dit Paul. Je vais demander à maman. »

Il fut de retour après un bref instant.

« Oui, c'est bon. Quand veux-tu que je vienne ? »

Ils étaient assis devant la cheminée et discutaient. La télé était allumée, le match avait commencé. Mais ils avaient baissé le son et écoutaient un disque à la place.

« Maman est persuadée que je suis devenu marteau, dit Paul.

– Pourquoi ?

– Quand je lui ai annoncé que j'allais regarder le match de hockey. Elle sait bien que je n'en ai rien à cirer. »

Petr se mit à rire.

« En tout cas tu ne lui as pas menti. La télé est allumée. »

Paul se pencha contre Petr, posa son bras sur son épaule.

« Je suis si heureux de t'avoir rencontré !

– Moi aussi.

– Mais comment ça se fait que tu aies pu poser comme modèle pour nous ? Dans notre école ? Comment as-tu osé ?

– Bah, ce n'était pas si terrible que ça, commença Petr. Håkansson nous a demandé si quelqu'un voulait bien être modèle. Et j'ai levé la main. Evidemment je ne pensais pas que je serais aussi nerveux. Mais ce n'était pas si terrible malgré tout. » Il sourit et toucha du doigt les lèvres de Paul. « Et puis j'avais comme le pressentiment que j'allais te rencontrer.

– Ah bon ?

– Peut-être.

– Qu'est-ce que tu veux dire par là ?

– Disons que je t'avais peut-être vu dans la cour de l'école, un jour où j'étais venu chercher un copain. Je peux très bien avoir demandé à quelqu'un dans quelle classe tu étais, comment tu t'appelais et tout le reste. Je suis peut-être allé jusqu'à demander à Håkansson dans quelle classe je devais être modèle.

– Quoi ? Tu veux dire que Håkansson travaille aussi dans ton école ?

– C'est ça. Tu commences à comprendre ?

– Oui, peut-être. Sauf que je ne comprends pas comment ça se fait que je ne t'aie pas vu, moi, quand tu étais dans la cour. Comment ai-je pu ne pas te voir ? »

Petr rit.

« Je ne t'avais vu qu'une seule fois avant la séance en salle de dessin, dit-il. Ce jour-là tu étais tout seul devant la cantine et tu examinais quelque chose par terre. Quelque chose de minuscule. Et tu t'es penché pour ramasser ce que tu étais en train de regarder. Je ne voyais pas ce que c'était. Mais tu avais l'air littéralement absorbé par ce que tu avais trouvé. »

Paul regardait l'autre d'un air surpris.

« Je ne comprends rien à ce que tu racontes, dit-il. Ça s'est passé quand ?

– Cet automne.

– Cet automne ?

– Oui, cet automne. Ça devait être fin septembre.

– Comment peux-tu t'en souvenir ?

– Parce que c'était la veille de mon anniversaire.

– Et c'était quel jour ?

– Le 20 septembre 1968. Je crois qu'il était midi dix. »

Paul rit et lui donna une bourrade. « Tu te fiches de moi !

– Non, je t'assure. C'est vrai.

– Je te promets que je vais vérifier ça. Dans mon journal. »

Petr se dirigea vers la fenêtre et baissa le store. Puis il se retourna et sourit en direction de Paul.

« On va mettre le matelas par terre, dit-il. Comme ça on aura plus de place. »

Il commença alors à ôter ses vêtements, un à un. Une fois nu, il s'avança vers Paul, posa ses mains sur ses épaules et l'attira vers lui.

Paul osait à peine le toucher.

« Du calme, chuchota Petr. Je ne vais pas te manger. »

Paul sentait son corps tout contre le sien, il sentait le sexe de l'autre contre sa jambe.

« Tu ne te déshabilles pas ?

– Si, répondit-il. Il faut juste que j'aille aux toilettes. »

Il ferma la porte de la salle de bains derrière lui. Son cœur battait à tout rompre, au point qu'il croyait que

Petr pouvait l'entendre. Il s'approcha du lavabo et s'aspergea le visage d'eau froide.

« Calme-toi, murmura-t-il à son reflet dans le miroir. Calme-toi, retourne là-bas et allonge-toi à côté de lui. C'est ce que tu veux, non ? »

Paul enleva son jean et sa chemise. Puis il s'assit sur le matelas et retira précipitamment son slip. Et disparut tout aussi précipitamment sous la couette.

Petr sourit et se glissa contre lui. Paul sentait à nouveau son haleine brûlante contre son visage. Et son sexe contre sa hanche.

Il se retourna sur le côté. Leurs yeux se rencontrèrent. Et il sembla à Paul que les yeux de l'autre absorbaient la faible lumière de la pièce. Les yeux de Petr scintillaient dans la pénombre. Comme des gouttes d'eau dans le clair de lune, songea Paul.

Leurs mains se touchèrent, leurs doigts avides de faire connaissance jouèrent les uns avec les autres. Et leurs sexes se croisèrent eux aussi, tels deux petits glaives.

« *Můj princi*, chuchota Petr. Mûj maly Princi.

– Qu'est-ce que ça signifie ? » demanda Paul, bien qu'il le sût déjà.

Petr chuchota une réponse, puis ses mains entreprirent d'explorer le corps de Paul ; elles caressèrent sa poitrine, descendirent jusqu'au nombril ; se firent tour à tour caressantes, fébriles, investigatrices. Les lèvres de Paul frôlèrent celles de Petr. Ils s'embrassèrent. Et les yeux de Petr étincelèrent, et sa main trouva enfin le sexe de Paul. Il l'effleura avec douceur.

Paul caressa alors les épaules et le dos de son ami. Leurs bras s'entrechoquèrent et ils pouffèrent de rire. Paul, qui sentait toujours la main de Petr autour de son sexe, se risqua à lui toucher les fesses. La main de Petr épousait la forme de son sexe, il le caressait doucement.

Et Paul ne put se retenir plus longtemps.

« Eh ben dis donc ! » chuchota Petr dans un sourire.

Paul poussa un long soupir. Puis sa respiration se fit plus saccadée.

« Tu en as plein partout, chuchota-t-il en touchant le ventre de Petr.

– Ça ne fait rien ; on a une salle de bains, je te signale, répondit Petr. Et même un lave-linge, si tu veux tout savoir ! » Il s'étira pour attraper le T-shirt pendu sur le pied du lit.

Au même moment la couette glissa, découvrant son corps nu ; Paul en percevait les contours dans la semi-obscurité de la pièce.

Il tendit la main et entoura de ses doigts le sexe de Petr, osant une caresse plus appuyée. Petr soupira, lâcha le T-shirt et s'allongea sur le dos. Paul commença à le masturber avec précaution. Il entendit Petr murmurer quelque chose, mais ne put saisir ce que c'était. Il prit appui sur un coude pour mieux voir ce qu'il faisait. Et il remarqua un changement dans la respiration de Petr. Il s'arrêta un instant pour contempler le corps de son ami. « Comme tu es beau », murmura-t-il. Puis il continua.

Alors Petr se tourna lentement vers Paul et leva les bras pour lui caresser le dos.

« Oh, Paul ! »

Paul se pencha en avant et posa ses lèvres sur son cou.

Il entendit que Petr ravalait sa salive. Il l'embrassa. Et sentit qu'une projection humide l'atteignait en plein cou.

Paul eut les larmes aux yeux en entendant la respiration de Petr, comme entrecoupée de sanglots.

« Mon Dieu ! chuchota Petr. Serre-moi fort. Viens ! »

Ils s'étreignirent, longuement.

« Je n'ai jamais rien connu de tel, s'esclaffa Paul.

– Non, moi non plus. Je ne crois pas qu'il existe quoi que ce soit de semblable. Et quand bien même, qu'est-ce que ça peut faire ? Je suis parfaitement heureux de mon sort. »

Et soudain ils se mirent à rire.

Petr s'étira, puis il se blottit contre Paul.

« Je n'en reviens pas, chuchota-t-il. Si seulement ils savaient.

– Si qui savait ?

– Peu importe ! S'ils savaient, c'est tout. »

Paul rit.

« Il y en a bien qui doivent savoir, dit-il. Tu ne crois pas ?

– Oui, tu as sans doute raison. »

Paul bâilla et se frotta les yeux. La montre posée sur le bureau de Petr indiquait deux heures et demie.

« Tu veux dormir, Princi ? »

Paul laissa échapper un petit grognement en guise de réponse.

« Alors je vais te chanter une berceuse que me chantait ma grand-mère quand j'étais petit. Viens ! Allonge-toi là. »

Paul posa sa tête sur l'oreiller. Et ferma les yeux. Il eut

l'impression que le matelas tournoyait, tel un manège. Et Petr commença à chantonner tout doucement, et dans une langue inconnue.

« Hajej můj princi a spi
jsou s tebou andělé tví »

Et Paul s'était endormi.

Il fut réveillé par une envie urgente d'aller aux toilettes. Et avant même d'ouvrir les yeux, il sut qu'il était chez Petr. Il sentait son odeur. Il percevait le bruit de sa respiration.

Le bras de Petr reposait sur sa poitrine, et il ne voulait pas bouger. Mais il fut bientôt obligé. Il se dégagea précautionneusement de son étreinte et descendit dans la salle de bains.

« Tu es réveillé ? » chuchota-t-il à son retour.

Il n'obtint pas de réponse.

« Tu es réveillé, Milenec ? »

Petr sourit et ouvrit les yeux ; il étendit le bras et posa la main sur la poitrine de Paul. Il sentait son cœur battre sous sa paume.

« Oui, Princi, arraché au sommeil. Et dans le plus simple appareil. Touche ! »

Paul se mit à rire.

« Oui, je vois ça. Moi non plus, je n'ai plus sommeil. Touche ! »

Et Petr palpa avec précaution le pourtour de ses yeux.

« Quand tes parents doivent-ils revenir ?

– T'inquiète, on est seuls.

– Non, réponds sérieusement, maintenant. Quand reviennent-ils ?

– Pourquoi demandes-tu ça ?

– C'est-à-dire que j'ai vu que vous aviez une grande baignoire. Et je me suis dit qu'on aurait peut-être le temps de prendre un bain avant leur retour. »

Petr pouffa de rire.

« On a le temps de prendre un bain et de...

– Et de quoi faire ?

– Euh...

– Et de quoi faire ? insista Paul.

– De laver les draps », répondit Petr.

Après leur bain, ils firent une longue promenade. Il neigeait et la neige craquait sous leurs pieds.

« Pourquoi voulais-tu savoir si j'avais eu quelqu'un d'autre avant toi ? demanda Petr.

– Tout ça est tellement insolite, commença Paul. Tu es si *entreprenant*. Tu fais des choses que je n'avais même pas imaginées. Je ne... Je ne savais même pas ce qu'on pouvait faire. C'est comme si... comme si tu avais tout à m'apprendre, d'une certaine manière. Et je me disais que tu avais peut-être eu quelqu'un pour t'instruire. Tu n'as qu'un an de plus que moi. Même pas, au fait. Où as-tu appris tout ça ? »

Petr marchait en silence. Enfin il répondit.

« Je ne sais pas si je suis si expérimenté, dit-il. Mais j'aime bien jouer. J'aime inventer des choses. D'ailleurs je ne suis pas sûr que ce soit moi le "pédagogue". Est-ce que ça ne pourrait pas tout aussi bien être toi, Paul ? »

Paul s'arrêta et dévisagea son ami.

« Moi ? Mais je ne sais rien. Je n'aurais jamais eu l'idée de faire... ce que tu as fait dans la baignoire. Pour tout t'avouer, je n'avais jamais embrassé personne avant de te rencontrer.

– Tu sais, dit Petr, parfois les choses se produisent sans qu'on sache trop pourquoi. On n'a pas toujours besoin d'être instruit d'une expérience nouvelle pour la faire sienne. Certaines choses viennent toutes seules. Et je ne crois pas... Attends ! Ne bouge pas ! » Il enleva son gant et effleura la joue de Paul. « Regarde ! Tu avais un cil sur la joue. »

Paul sourit.

Petr déboutonna le haut de sa veste et glissa sa main sous son pull.

« Qu'est-ce que tu fais ?

– J'ai fait un vœu.

– Qu'est-ce que tu veux dire ?

– Eh bien, si on trouve un cil sur la joue de quelqu'un, on doit le placer sous le vêtement qui se trouve le plus près du corps. Et on doit faire un vœu. »

Paul rit et secoua la tête.

« Je n'ai jamais rien entendu de pareil. C'est une de tes inventions ?

– Non, ce n'est pas une de mes inventions. Il y a des choses qu'on doit effectivement apprendre. C'est ma grand-mère qui m'a appris ça, à Prague.

– Ah bon, alors il s'agit d'une espèce de superstition tchèque, n'est-ce pas ?

– Oui.

– Qu'est-ce que tu as fait comme vœu ?

– Tu sais bien qu'il ne faut rien dévoiler, sinon le vœu

ne se réalise pas. Que ce soit ici ou en Tchécoslovaquie. Allez, on continue avant de geler sur place.

– Tu ne boutonnes pas le haut de ta veste ?

– Bah, il ne fait pas si froid. »

Ils atteignirent la mer. Le vent était glacial et Paul était transi.

Petr désigna un petit pavillon situé à l'extrémité d'une pointe.

« J'étais dans ce petit pavillon il y a deux ans, quand j'ai vu brûler la maison qui se trouve de l'autre côté de la baie. Regarde là-bas ! On distingue les restes de la cheminée. Tu vois ? » Paul acquiesça.

« Les flammes étaient incroyablement hautes. Et plusieurs arbres ont pris feu derrière la maison. J'ai eu peur que ça ne déclenche un incendie de forêt et que le feu ne se propage à notre maison.

– Les pompiers n'étaient pas là ?

– Si. Mais j'avais peur quand même !

– Tu étais seul ?

– Oui.

– Comment se fait-il que tu te sois trouvé dans ce pavillon ? »

Petr eut l'air d'hésiter.

« Je... Ce pavillon était... ma retraite secrète, si l'on peut dire, expliqua-t-il. Je m'y rendais presque chaque jour.

– Mais ça ne peut pas avoir été vraiment secret. Je veux dire, ceux qui habitaient la maison doivent bien t'avoir vu ?

– Non. Cette maison est restée inhabitée pendant plusieurs années avant de brûler. Je... Je n'ai jamais été vu... par personne. » Il se tut et regarda en direction du pavillon.

« Qu'est-ce qu'il y a ? Pourquoi... pourquoi hésites-tu ?

– Hésiter ? Non, je n'hésite pas. J'ai seulement pensé à autre chose. Viens maintenant, on va aller jusqu'à cette pointe. »

« Je voudrais bien prendre une photo de toi, Princi. Assieds-toi sur la pierre qui est là-bas. »

Paul s'accroupit près d'un petit rocher. Petr porta l'appareil à son œil ; à travers l'objectif, il voyait un jeune garçon qui ressemblait au prince de l'histoire que lui racontait sa grand-mère quand il était petit. Mais le garçon qu'il s'apprêtait à photographier n'était pas un personnage de légende. Il existait en chair et en os. Ses cheveux noirs flottaient dans le vent, ses yeux sombres regardaient en direction de l'appareil. Et il souriait.

« Je serais bien incapable de faire ton portrait, s'écria Petr. C'est pour ça que je dois te prendre en photo. Pour pouvoir te regarder quand tu n'es pas près de moi. »

Paul rit.

« Je voudrais bien une photo, moi aussi, dit-il. Une photo de toi. Bien que j'aie déjà dessiné ton portrait. Bien que tu m'aies déjà donné une photographie de classe. Viens t'asseoir sur le rocher. »

Petr tendit l'appareil à Paul.

« Je vais te prendre de profil, dit Paul. Il me faut absolument ton nez. »

Petr se mit à rire.

« Mon nez ? Et pourquoi ça ? Qu'est-ce que tu lui trouves ?

– Il ne ressemble à aucun autre.

– Et en quoi est-il si différent ? »

Paul sourit.

« C'est le premier, à ma connaissance, à avoir tenté l'exploration sous-marine de mon nombril. »

Petr rit tellement qu'il en perdit l'équilibre.

« En ce cas, il faut que tu fasses en sorte d'avoir mes lèvres à nulles autres pareilles.

– Sois tranquille. Tes lèvres seront bien visibles elles aussi. »

QUINZE

Le soleil dardait ses rayons sur la plage de sable où ils s'étaient donné rendez-vous. Paul aurait préféré aller en vélo jusqu'à la pointe rocheuse à l'autre bout de la ville, mais il avait laissé Petr décider.

« Maman est souffrante, avait-il dit au téléphone. Elle a la migraine. Je ne veux pas trop m'éloigner. J'avais pensé faire un saut dans l'après-midi, pour voir comment elle va. Ça ne fait rien, dis ?

– Bien sûr que non. L'essentiel, c'est qu'on se voie », avait répondu Paul.

Ils avaient nagé jusqu'à un ponton et s'étaient étendus pour prendre un bain de soleil.

« Tu te rends compte, demain ils vont marcher sur la lune, dit Paul. C'est absolument fantastique ! Si seulement je pouvais les accompagner... Ce serait vraiment merveilleux.

– Oui, sans doute. Mais je ne crois pas que j'aurais osé le faire, dit Petr.

– Ah non ? Et pourquoi ?

– Est-ce que je sais, moi. C'est... tellement loin. Imagine qu'on ne puisse pas revenir. Que la fusée tombe en panne et qu'elle ne puisse plus redécoller, une fois sur la lune. Pour rien au monde je ne prendrais un tel risque.

– Eh bien moi, je le ferais », dit Paul en prenant appui

sur ses coudes. « Ça me serait égal. De ne pas pouvoir revenir, je veux dire. Tu te rends compte de ce que ça peut être que de marcher sur la lune, de voir la terre d'en haut. Ça vaudrait le déplacement, même si je ne pouvais pas revenir. Ça doit être tellement époustouflant que la question du retour passerait au second plan. Tu ne crois pas ? Je donnerais ma vie pour une telle expérience. » Petr ricana.

« Pas moi, je peux te dire. Il y a tellement d'endroits et de pays que je voudrais voir sur terre. Que dirais-tu d'aller en Afrique et de voir les animaux sauvages ? Pour de vrai. Ou de contempler les pyramides. Ou de descendre la rivière souterraine qui coule sous la grotte d'Adelsberg. On serait assis dans une barque et on admirerait les stalactites. »

Paul répondit en riant.

« Bien sûr, ça serait chouette ça aussi. Mais il faudrait le faire avant, dans ce cas-là. Et on garderait le voyage de la terre à la lune pour la fin, quand on aurait vu tout ce qu'on voulait voir sur terre. Est-ce que tu oserais, dans ces conditions ?

– Peut-être. Mais je ne crois pas. Je crois que j'aurais peur, malgré tout.

– Ah bon, dit Paul. Mais tu n'ignores pas que c'est plein d'affreuses grosses araignées dans les grottes ? » Et sa main tendue imita soudain des pattes d'araignée qui couraient sur le dos de Petr.

Celui-ci rit et se déroba.

Paul s'étira sur la serviette tandis que Petr se levait pour se changer.

« Tu veux ma photo ? dit Petr dans un sourire.

– Oui. Tu es tellement beau. J'ai mal au ventre rien que de te regarder, dit Paul. On serait bien mieux chez toi. Seuls.

– Le week-end prochain nous serons seuls, dit Petr. Papa et maman doivent retourner à Kalmar. Nous aurons trois jours pour nous. Et je pourrai me déshabiller et me rhabiller autant de fois que tu voudras. Mais il vaudrait mieux que tu t'achètes des cachets contre le mal de ventre. Sinon tu ne passeras pas le week-end. »

Paul sourit.

« Ils peuvent bien m'amputer l'estomac. Pourvu que je sois avec toi.

– Si tu le dis, rétorqua Petr. Tant qu'ils n'amputent pas autre chose... »

Il enfila son short et se pencha vers Paul.

« Je serai de retour dans une demi-heure environ. Je vais juste voir si elle a besoin de quelque chose. » Il se pencha un peu plus et embrassa Paul sur la joue. « J'achèterai des glaces en revenant. A tout à l'heure, Princi.

– A tout de suite, fit Paul en souriant. Dépêche-toi ! »

Le soleil tapait sur son dos. Il était allongé la tête sous la serviette et écoutait d'une oreille distraite les bruits environnants ; des rires d'enfants, des cris de parents appelant leurs bambins, des transistors crachant des sons qui, subitement, semblaient emportés par le vent pour revenir l'instant d'après. Il entendit une sirène retentir au loin et un bus démarrer. Et tout près de lui, une petite fille assise parlait avec son canard en plastique.

Il enleva la serviette de sa tête, prit appui sur ses coudes et jeta un coup d'œil à la montre de Petr, qui était restée à côté de son slip de bain.

« Qu'est-ce qu'il fabrique ? marmonna-t-il. Ça fait plus d'une heure qu'il est parti. »

Il se redressa et regarda en direction de la route. « Dépêche-toi, Milenec. » Il se retourna et regarda vers la mer. Puis il se décida.

Il rassembla rapidement les affaires de Petr et les siennes et se dirigea vers son vélo. Un kilomètre à peine séparait la plage de la maison de Petr si l'on prenait la grand-route. Mais Paul choisit l'autre chemin, un ancien sentier forestier à moitié recouvert de végétation.

Il pédala aussi vite qu'il put, les yeux rivés au sol afin d'éviter les ornières les plus profondes. Il avait le sentiment d'avoir oublié quelque chose, quelque chose d'important, mais il ne pouvait pas se rappeler ce que c'était.

Ce n'est que quand il approcha de la villa que cela lui revint à l'esprit. Les sirènes.

Au même moment, il aperçut la maison et les voitures de pompiers, et comprit que c'était une odeur de brûlé qu'il sentait depuis un bon moment.

« Petr ! » s'écria-t-il hors d'haleine. Il tomba de vélo, le guidon lui rentra dans le ventre mais il ne ressentit aucune douleur. Il se releva précipitamment et se mit à courir en direction de la maison. Il ne remarqua même pas qu'il enjambait au passage le vélo renversé de Petr.

L'incendie faisait rage. Les pompiers étaient partout, leurs lances braquées en direction du feu. Il entendait un grondement, mais il ne savait pas si le bruit provenait des flammes ou des lances à incendie.

« Petr ! » cria-t-il à nouveau, mais sa voix était méconnaissable.

« Bon sang de bonsoir ! Enlève-toi de là ! »

Un pompier le saisit par le bras et le projeta sur le côté.

« Qu'est-ce qui te prend ? Tu veux te tuer ou quoi ? Reste là ! »

Paul tomba sur l'herbe. Il prit appui sur la clôture et essaya de se relever, mais ses jambes se dérobèrent ; il s'affala et eut le coude tout éraflé.

Soudain un fracas effroyable se fit entendre. Il regardait médusé la maison et les pompiers qui s'en éloignaient en toute hâte, quelques secondes avant que le toit ne s'effondre. Une gigantesque gerbe d'étincelles retomba sur le jardin.

Paul vit qu'un bouleau prenait feu à l'autre bout de la maison. Au même moment, il aperçut l'ambulance.

Il se releva et se mit à courir vers le véhicule. Il avait les jambes lourdes, chaque foulée lui faisait l'effet d'un coup sur la tête. Il vit des gens en blanc affairés autour d'une civière ; dans sa confusion, il se demanda ce qu'ils faisaient là.

Quelqu'un était allongé sur la civière ; l'un des infirmiers lui couvrit le visage.

Paul s'arrêta net et tomba à genoux à quelques mètres de là. Il ne pouvait détacher son regard d'une chose noire qui pendait sous la couverture. Il ne comprit pas ce que c'était. Le sang cognait violemment contre ses tempes et il avait du mal à focaliser son regard. Alors il comprit avec effroi que cet objet noir et informe n'était autre qu'un bras. Un bras humain entièrement calciné.

Un autre détail attira son regard.

D'abord il se refusa à comprendre ce que c'était. Pourtant il ne pouvait s'empêcher d'examiner les jambes qui dépassaient de la civière.

Dans un écho – presque comme dans un rêve, Paul entendit l'un des infirmiers demander quelque chose à son collègue. Il regardait fixement les deux pieds qui sortaient de la couverture. Et alors même que la terrible vérité commençait à se faire jour contre son gré, il saisit des bribes d'une conversation entre deux infirmiers.

« Rien à faire ?

– Non. Un vrai morceau de charbon.

– Quelle horreur !

– Et l'autre ?

– En route vers l'hôpital. »

Ils soulevèrent la civière et la placèrent dans l'ambulance. Paul les suivit du regard ; il vit les tennis rouges de Petr tressauter quand ils attachèrent le brancard. « Comme si ces pieds appartenaient à une personne bien vivante. »

La porte se referma brusquement.

Paul se retourna et vomit.

Il était dans la salle de bains. Il n'avait aucun souvenir de la façon dont il était arrivé jusque-là, mais il avait dû revenir à vélo, étant donné qu'il avait ses affaires avec lui. Il garda un moment sa serviette et son maillot encore humides dans ses mains. Puis il les étendit sur la corde à linge. Comme si de rien n'était.

Au moment où il se retourna, son reflet lui apparut dans le miroir ; les événements de la journée défilèrent tout à coup devant ses yeux. Il tomba à terre en sanglotant.

Plus tard, il se retrouva dans le couloir, les affaires de Petr à la main. Le verre de la montre s'était brisé lorsqu'il était tombé de vélo. Il porta la serviette et le maillot à ses narines, mais ne sentit que l'odeur du sel et du sable. Petr avait disparu.

Il sortit dans la cage d'escalier, ouvrit le vide-ordures et y jeta les affaires.

Une heure plus tard, il s'éveilla en entendant quelqu'un introduire la clé dans la porte d'entrée. Il ouvrit les yeux et le souvenir de ce qui était arrivé fondit sur lui comme une masse, l'étouffant presque. Comme s'il se fût agi d'un être vivant.

« Paul ? »

Sa mère entra dans sa chambre.

« Paul ? »

Il ouvrit les yeux.

« Bonjour, mon chéri. Tu dors, à cette heure ? »

Il acquiesça.

« Que se passe-t-il ? Tu ne vas pas bien ? » Elle s'assit sur le rebord du lit et posa sa main sur son front. « Mais tu es brûlant !

– Je dois avoir un peu de fièvre, marmonna-t-il. J'ai dormi un moment.

– Tu as pris ta température ? »

Il secoua la tête.

« Tu veux que j'aille... »

Il lui coupa la parole. « Non. Je... Je vais mieux, maintenant. Ça va bientôt passer.

– J'espère que tu n'es pas en train d'attraper la grippe, dit-elle, inquiète. Maintenant que l'été est enfin là. » Elle fit une pause et lui sourit. « Et toi qui profites de tes dernières grandes vacances, mon pauvre chéri. Avant ton entrée au lycée, je veux dire. J'espère vraiment que tu ne vas pas tomber malade. Qui sait ? Tu n'auras peut-être pas de vraies vacances l'été prochain. Il faudra peut-être que tu travailles. »

Paul était allongé et ne disait rien. Il gardait les yeux fermés, c'était bon de sentir la main de maman se promener doucement sur son visage. Comme quand il était petit garçon. Ou quand...

Il s'interdit de penser à Petr et ouvrit les yeux.

« Qu'est-ce que tu t'es fait ? s'écria sa mère en voyant son bras. Tu es couvert de sang. »

Il passa son doigt sur le sang coagulé.

« Je suis tombé, murmura-t-il. Ça ne fait plus mal.

– Il faut quand même qu'on te nettoie ça, dit-elle. Au fait, tu t'es baigné ? »

Il ferma les yeux et acquiesça doucement.

« Tu veux peut-être dormir un peu ?

– Oui, je crois. Un moment en tout cas.

– Je te réveillerai pour le dîner. Ça te va ?

– Oui. »

Elle se leva pour partir.

« Non ! Attends !

– Qu'y a-t-il, chéri ? »

Paul attrapa sa main.

« Tu peux rester assise à côté de moi jusqu'à ce que je m'endorme ? supplia-t-il.

– Mais oui. Mais oui. Bien sûr, répondit-elle. Bien sûr que je vais rester avec toi. »

SEIZE

Les dernières annotations du quatrième journal de mon frère ont été rédigées tard dans la nuit du lundi 21 juillet 1969. Il y décrit de manière succincte – presque lapidaire – les terribles événements de la journée. Seules les dernières phrases sont plus longues, comme si elles avaient été écrites dans une autre langue...

... Je suis à la maison maintenant. Allongé sur mon lit. Ou assis sur mon bureau, à regarder par la fenêtre. Sans vraiment voir quoi que ce soit. En tout cas je ne sais pas ce que je vois. Je n'arrive pas à me faire à l'idée qu'il est mort. J'essaie de penser à autre chose mais mes pensées me ramènent toujours à Petr. Ou au néant. Maman croit que je suis malade, je la laisse le croire. Je ne peux pas lui parler de la mort de Petr. Pas encore, du moins. Je n'ai pas la force de lui expliquer ce qui s'est passé entre lui et moi. J'ai peur qu'elle ne comprenne pas. Ni Papa. Mais je veux qu'ils sachent pour Petr et moi. Mon Dieu, je me rappelle à peine de quoi il avait l'air. Je regarde les photographies mais elles sont comme mortes, elles aussi. J'ai observé la lune un moment, de ma fenêtre ouverte. Elle est dans son dernier quartier, mais ils auront posé le pied sur son sol avant que ce ne soit la demi-lune. C'est demain que ça doit arriver. Et Petr, qui n'avait pas le cran d'y aller, ne pourra même pas voir la retransmis-

sion à la télé. Mon Dieu, je suis tellement fatigué. Je vais essayer de me rendormir.

A quelques soirs de là, je me rendis chez Daniel.

« Alors ? fit Daniel en s'asseyant en face de moi. Tu voulais me raconter quelque chose au sujet de Paul.

– Oui. Mais je voudrais d'abord te demander une chose. »

Il leva les bras au ciel. « Vas-y, demande-moi.

– Comment savais-tu que Petr n'était pas à l'enterrement ? »

Daniel me regarda d'un air étonné.

« Que veux-tu dire ?

– Eh bien, quand je t'ai demandé si celui dont Paul était amoureux se trouvait à l'enterrement, tu m'as répondu qu'il n'y était pas. Comment le savais-tu ? »

Daniel baissa les yeux ; il caressa sa cuisse de sa main.

« Comment le savais-tu ? répétai-je.

– Ça va, ça va, je vais te le dire. Ne me stresse pas. » Il soupira longuement.

« Petr, ou Milenec, n'était pas à l'enterrement, pour la bonne raison qu'il ne pouvait pas y être. » Il se tut, leva la tête et me regarda dans les yeux. « Il ne pouvait pas parce qu'il était mort.

– Comment l'as-tu su ? »

Il haussa les épaules.

« Il était mort ! Tu ne comprends pas ce que je dis ?

– Si, je comprends. Mais comment l'as-tu appris, toi, qu'il était mort ? Qui te l'a dit ? »

Son visage devint tout pâle ; il pencha la tête et cacha son visage dans ses mains.

« C'est Paul qui te l'a dit ? »

Daniel acquiesça.

« Il est venu chez toi la veille de sa mort ?

– Oui, murmura Daniel.

– Mais pourquoi tu n'as rien dit ? Pourquoi est-ce que tu ne m'as rien raconté ? Tu savais bien que je voulais savoir. Tu... » Soudain je l'entendis pleurer. Stupéfait, je le considérai en silence. Ce n'est qu'après un moment que je me résolus à m'approcher de lui. « Ne pleure pas, Daniel, murmurai-je en lui prenant la main. Ne pleure pas. »

Il retira sa main et me regarda fixement.

« Ne pleure pas ? Qu'est-ce que ça signifie ? s'écria-t-il. D'abord tu ressors cette affreuse histoire des oubliettes... C'est *toi* qui veux qu'on en parle. Bien que ce soit pénible de bout en bout. Et ensuite tu me dis de ne pas pleurer ! Qu'est-ce que tu veux que je fasse, au juste, si j'ai de la peine ? Comment je devrais réagir, à ton avis ? Hein ?

– Je... Je ne voulais pas te faire de peine », balbutiai-je, décontenancé.

Il ricana.

« Pas de peine. Pas de larmes. Mais des détails, oui, ça tu en veux. Tous ces détails horribles que je ne demande qu'à oublier. »

Il écrasa sa cigarette et en ralluma une sur-le-champ.

« Je veux seulement savoir, risquai-je. Je veux savoir ce qui est arrivé à mon frère. C'est pour ça que je te demande de me raconter tous ces détails. Je... je *sais* que c'est pénible... »

Il soupira, se leva et se dirigea vers la fenêtre.

« Dès le début de ton “enquête”, je t’avais bien dit que tu risquerais de ne pas apprécier tout ce que tu apprendrais, commença-t-il. Que peut-être tu serais amené à changer d’avis concernant... ceux d’entre nous qui étaient présents... »

Je ne le laissai pas finir. « Tu as peur que je me mette à te détester, c’est ça ? »

Il se retourna et me dévisagea.

« Peut-être, oui.

– Mais je ne comprends pas, dis-je. Pourquoi je te détesterais ? Je ne suis pas là pour juger qui que ce soit. Je veux seulement savoir ce qui s’est passé. Pourquoi est-ce que je devrais te haïr ? Ou te blâmer ? Il n’y a pas eu crime, que je sache. On n’est pas au tribunal. »

Daniel sourit.

« Ce ne sont que des mots, tu parles en théorie. Tu ne sais pas comment tu vas réagir. »

Je haussai les épaules.

« Peut-être bien. Mais... »

Daniel me coupa la parole.

« Et toi, comment as-tu su que Petr était mort avant Paul ? Car tu le savais avant que j’en parle, n’est-ce pas ?

– Oui, je le savais. Parce que j’ai retrouvé le dernier journal de Paul. C’est ce que je voulais te raconter. »

Il parut tout à coup sans défense ; il s’assit lentement dans le fauteuil.

« Ah ! Alors comme ça, Paul a écrit dans son journal juste avant de mourir, bredouilla-t-il.

– Oui.

– Raconte, implora-t-il en me regardant furtivement. Qu’a-t-il écrit le dernier jour ? »

Je lui fis un récit aussi détaillé que possible.

« C'est tout ?

– Oui.

– Quand a-t-il écrit ça ?

– Le vingt, dis-je. La veille de sa mort.

– Oui, d'accord. Mais à quel moment de la journée ?

– Tard. Très tard. Il s'était endormi, mais il s'est réveillé et s'est mis à écrire. En pleine nuit.

– Et il n'a rien dit sur moi ? »

Je secouai la tête.

« Tu en es sûr ?

– Mais oui. »

Daniel soupira. Il gardait les mains jointes entre ses cuisses. Je vis ses larmes tarir.

« Qu'est-ce qu'il y a ? demandai-je. Je ne comprends pas.

– C'est que, vois-tu, Jonas, commença-t-il. Je... je me sens comme soulagé. »

Il eut un sourire un peu triste et sécha ses larmes. « Je vais te raconter. Puisque tu y tiens tellement.

« Tu comprends, Paul est venu ici la veille de sa mort. C'était en fin d'après-midi. Je ne sais pas s'il était rentré chez lui avant ou s'il était venu directement chez moi. Toujours est-il que... je n'avais pas tous mes esprits quand il est arrivé. J'avais passé la journée à picoler et j'étais passablement soûl. Paul était littéralement effondré en arrivant, il pleurait toutes les larmes de son corps. Il voulait que je le prenne dans mes bras. Et là, dans le canapé, il m'a annoncé que Petr était mort. Je l'ai serré plus fort, je lui ai caressé les cheveux, j'ai murmuré des paroles de réconfort. “Il est mort ! Il est mort ! sanglotait

Paul. Toutes ces flammes... Et maintenant il est mort !" Et moi... je le tenais dans mes bras et j'essayais de le consoler. »

Daniel se tut et ferma les yeux.

« Je lui ai dit quelque chose d'insignifiant, du genre "Ça va s'arranger". Parce que tu comprends, je ne le *croyais* pas. Je... je croyais que c'était fini entre eux, qu'ils s'étaient disputés, ou quelque chose comme ça. Que Paul l'avait laissé en plan, et qu'il était venu se réfugier chez moi. Je croyais qu'il voulait dire qu'ils avaient rompu. Quand il m'a annoncé que Petr était mort, je l'ai pris au sens figuré, j'ai cru que... c'était ses sentiments qui étaient morts. "Toutes ces flammes", j'entends encore ses paroles. Mais je n'ai pas compris, là non plus. Je croyais que... »

Il soupira et me dévisagea.

« Tu comprends ? Tu comprends ce que je suis en train de te dire ? Je croyais qu'il exagérait, que le chagrin le faisait tomber dans l'excès, que...

– Continue, priai-je. Que s'est-il passé ensuite ?

– C'est que j'étais déjà dans un sale état avant que Paul arrive, j'étais triste et fatigué et je... je n'ai pas eu le courage d'essayer de le consoler. Non, je n'en avais tout simplement pas la force. Alors au bout d'un moment, une demi-heure à peu près, je lui ai demandé de s'en aller.

– Mon Dieu ! » murmurai-je tout bas. Mais je ne crois pas qu'il l'entendît.

Daniel se frotta les yeux. Puis il me jeta un coup d'œil furtif.

« Tu entends ? demanda-t-il. Je l'ai *prié de s'en aller* !

Tu te rends compte ? J'ai cru qu'il s'agissait d'une simple dispute. C'est pour ça que je lui ai demandé de partir. Et Paul est parti. Pour la dernière fois. »

Je me sentais incapable de prononcer une seule parole. J'étais assis là, sur le canapé, et je regardai Daniel. Il s'appuya contre le dossier du fauteuil et ferma les yeux. Et brusquement, j'eus l'impression qu'il était tellement plus âgé. Son visage paraissait las et ravagé. Et moi qui lui avais toujours trouvé l'air si jeune, comme si les années n'avaient pas eu de prise sur lui. Mais à présent, elles semblaient bel et bien l'avoir rattrapé.

« Quand l'as-tu appris ? »

Il tressaillit et ouvrit les yeux.

« Que dis-tu ?

– Quand as-tu appris que c'était vrai ? Que Petr était vraiment mort ?

– Le lendemain, à mon réveil », répondit Daniel. Il eut un faible sourire. « Tu parles d'un réveil ! J'ai émergé vers midi et demi, complètement cassé. Je n'avais même pas le courage d'aller chercher le journal. Il m'a fallu encore deux ou trois heures pour réussir à me lever. Et juste au moment où j'ai commencé à feuilleter le journal, Sara a téléphoné et m'a raconté ce qui était arrivé.

« Le journal m'est tombé des mains. J'étais terriblement tendu pendant que j'entendais Sara m'annoncer la mort de Paul, pourtant je n'ai pas pu m'empêcher de lire le titre de l'article. Je n'arrêtais pas de le relire. Je le revois encore. Avec une netteté effroyable. "Un violent incendie à Saltvik fait une victime." Je ne comprends pas, encore maintenant. Je veux dire que j'étais sous le choc de ce que Sara était en train de me raconter – je pourrais le répéter mot pour mot – mais mon satané cerveau d'alcoolo a réussi le triste exploit de lire ce titre en même temps. Et à plusieurs reprises.

– La vache, quelle horreur ! » murmurai-je.

Daniel me regardait fixement.

« Que disait l'article ? demandai-je au bout d'un moment.

– L'article ? Je ne l'ai pas lu. Que le titre. Encore et toujours ce titre.

– Tu as compris malgré tout que c'était Petr... ? »

Il fit un signe de tête.

« Mais, commençai-je, je ne comprends toujours pas... »

Daniel me coupa la parole, hors de lui : « Comment est-ce que j'ai pu être assez salaud pour lui demander de s'en aller ? »

Sa voix me terrifia.

« Non ! » m'écriai-je. Et tout à coup je compris. « Ah ! C'est pour ça. C'est parce que tu lui as demandé de partir que tu croyais que j'allais te détester.

– Oui, évidemment, fit-il brièvement.

– Je comprends que tu aies du remords d'avoir demandé à Paul de s'en aller, commençai-je lentement, mais je ne comprends pas comment tu as pu croire que je te haïrais pour ça. Tu as dit toi-même que tu étais triste et fatigué. Et ivre. Et que tu croyais que Paul exagérait. Tu n'as pas mal agi. Ce n'était qu'un malentendu.

– Un malentendu ! ricana Daniel. C'est peu de le dire ! Je n'ai pas saisi un traître mot de ce qu'il m'a raconté, non, j'ai tout compris de travers et je l'ai envoyé promener. »

Je commençai à avoir vraiment peur.

« Tu ne l'as pas envoyé promener. Tu m'as dit toi-même que tu lui avais demandé...

– Demandé ou forcé, quelle importance ? coupa-t-il. Si je l'avais écouté, il ne se serait pas... »

Il ne termina pas sa phrase.

Mes mains tremblaient. Je les plaquai de toutes mes forces contre mes cuisses afin que Daniel ne puisse pas le voir.

« Tu veux dire qu'il se serait suicidé ? »

Il acquiesça en silence. Et j'osai à peine formuler ma question.

« Tu crois vraiment que Paul s'est suicidé ? »

Daniel soupira.

« Je ne sais pas, bafouilla-t-il. Je ne sais pas. Quelquefois, c'est ce que je crois. Et je me sens...

– Coupable, complétai-je.

– Oui, c'est ça. Mais quelquefois, ou la plupart du temps devrais-je dire, je crois plutôt que c'était un accident. Il avait souvent la tête ailleurs. Il fallait répéter son nom à plusieurs reprises avant qu'il réponde.

– Je sais.

– Et c'est quelque part là, dans le fait que je me sois débarrassé de Paul le dernier soir de sa vie, que réside ma faute. C'est de cela qu'il m'accuse dans mes cauchemars ; de ne pas l'avoir écouté, de ne pas l'avoir aidé. D'avoir été aussi... Maudit alcool ! Pourquoi je n'ai pas compris ce qu'il disait ! Comment ai-je pu être aussi... ?

– Mais tu exagères, coupai-je. Tu as mal compris ce qu'il a dit. On ne peut pas te blâmer pour ça ? Et je ne crois pas que Paul se soit suicidé. Non, franchement, je ne le crois pas. »

Daniel me considéra d'un air étonné.

« Qu'est-ce qui te fait croire que ce n'était pas un suicide ?

– Je ne crois pas qu'il ait voulu se tuer, c'est tout. Il était triste, naturellement. Il a dû être terriblement triste. Mais il écrit dans son journal qu'il veut parler de Petr à papa et maman. Il veut seulement attendre un peu. Se ressaisir après tous ces événements. Mais il voulait leur expliquer pour Petr. Et d'ailleurs, il mentionne aussi l'atterrissage sur la lune. Il était tout exalté à l'idée qu'ils allaient se poser sur la lune. Il en parle sans arrêt. Même le dernier jour, il l'évoque. Je ne crois pas qu'il l'aurait manqué intentionnellement. »

Daniel fit un signe de tête.

« Oui, c'est vrai, bien sûr. Je n'y avais pas pensé. Effectivement, il parlait pas mal des premiers pas sur la lune. Je n'avais pas pensé à ça... J'ai moi-même vu à la télé les images retransmises par satellite. Je me rappelle encore l'angle de la caméra quand le cosmonaute, Neil Armstrong ou un nom comme ça, est descendu de l'échelle et a posé son pied sur le sol lunaire. Il...

– Oui, mais tu vois bien, coupai-je. Tu étais aussi proche de la mort d'un ami en regardant la télé que Paul ne l'était lorsqu'il se promenait en forêt.

– Que veux-tu dire ?

– Je veux dire que l'on n'est pas totalement absorbé par son chagrin même dans les jours qui suivent la mort d'un proche. Tu pouvais regarder les actualités bien que tu aies été choqué et consterné par la mort de Paul, et

Paul a pu faire une promenade en forêt le lendemain de la mort de son ami. C'est ce que je veux dire ; que la douleur n'est pas constante même le premier jour, mais qu'elle nous submerge par vagues successives, un peu comme le ressac sur le rivage. Peut-être que les premières vagues sont plus fréquentes, mais ensuite on a un peu de répit avant que la vague suivante ne déferle sur la plage. Et pendant ce répit, on peut prendre le temps de regarder la télé ou d'aller se promener en forêt, par exemple. On est presque comme à son habitude pendant les accalmies. Tu comprends ce que je veux dire ?

– Oui, je comprends. Et il est exact que la douleur semble diminuer, parfois. Mais il est aussi exact que la douleur a sa vie propre, que le fait de penser à la peine qu'on a contribue à l'alimenter. Que l'on peut devenir prisonnier de sa douleur si l'on y pense trop, de sorte qu'elle devient pratiquement constante. Elle peut même nous engloutir, si bien qu'on ne peut plus en sortir. Tu comprends ? On devient comme obsédé par sa douleur.

– Oui, dis-je. Je crois que je comprends. Mais je ne crois pas que Paul ait été obnubilé par son chagrin. Son journal prouve bien qu'il pensait aussi à autre chose. Il voulait parler de Petr. Pas seulement de la mort de Petr. Mais de Petr en tant que personne, en tant que... en tant qu'amoureux. Mais il n'a pas la force de le faire tout de suite. Il croit sans doute que ce serait trop long de tout expliquer. Et puis il y a cette histoire d'atterrissage sur la lune. Sincèrement, je ne crois pas qu'il se soit donné la mort. Et je ne crois en aucune façon qu'il te reproche quoi que ce soit. Il te connaissait, Daniel. Il est allé chez toi pour y chercher du réconfort. Et tu as essayé de le calmer. C'était tout ce que tu pouvais faire, n'est-ce pas ? Tu ne pouvais pas ramener Petr à la vie. Tout ce que tu pouvais faire, c'était consoler Paul. Tu as dit ce qu'on peut dire à quelqu'un qui a de la peine. On ne peut rien faire de plus. On ne peut pas changer ce qui est arrivé. Quand bien même on le voudrait.

– Oui, fit Daniel après un instant. C'est certainement vrai. Et en général je considère la mort de Paul comme un accident. Ce n'est que quelquefois, quand je me sens triste et déprimé, que je m'imagine qu'il s'est peut-être suicidé.

– Tu vois bien, dis-je. C'est dans les moments où tu es triste et déprimé toi-même que tu alimentes le chagrin que t'a causé la mort de Paul, en t'imaginant que tu y es peut-être pour quelque chose. C'est dans ces moments-là que la douleur a sa vie propre, et que le chagrin est plus fort que toi.

– Oui », bredouilla Daniel.

Nous restâmes assis un long moment. Je voyais bien qu'il était encore triste, mais j'avais l'impression de l'avoir touché, d'avoir réussi à pénétrer l'épaisseur de sa tristesse. Mais je n'avais plus rien à ajouter. J'avais le sentiment d'avoir fait tout ce qui était en mon pouvoir ; j'avais mêlé mes propres pensées et réflexions à des phrases prononcées par papa et maman. Toute mon enfance, j'avais entendu leurs conversations ayant trait à Paul, au chagrin consécutif à son décès. Je crois que l'on peut dire que j'ai grandi dans un univers d'affliction. Peut-être suis-je même le fruit d'un stade précoce dans le travail de deuil de mes parents. Et à présent, j'avais au moins essayé d'aider Daniel dans sa peine.

« Dis, je crois que je vais bientôt y aller.

– Oui, bien sûr, dit Daniel en levant les yeux. Il commence à être tard. »

Il se leva et se dirigea vers la fenêtre.

« Je suis désolé si je t'ai fait peur. Mais ça m'a bouleversé. Je t'aime bien. Je veux que tu le saches. Et j'aime bien discuter avec toi. Mais je crois qu'il vaut mieux que l'on arrête de parler autant de Paul et de Petr. Ça ne fait que nous rendre tristes. Je ne veux pas dire qu'il faille totalement arrêter de parler d'eux, mais nous ne devrions pas trop nous appesantir sur le drame de leur vie.

– Mais tout ce qui est arrivé à Paul n'est pas triste, dis-je. La seule chose triste, je veux dire *vraiment* triste qui soit arrivée à Paul, c'est la mort de Petr. Tout le reste s'est produit non pas dans sa vie à lui, mais dans la tienne et dans celle de papa et maman. C'est vous qui avez été frappés par cette épreuve. Paul n'était déjà plus là, et pour cause. C'est justement de sa disparition que vous avez dû faire votre deuil. Et si l'on parle de ce qui est arrivé à Paul, on parle aussi du deuil qui est le vôtre. Et ainsi le travail de deuil avance. C'est pourquoi je pense qu'on doit parler de Paul.

– Peut-être. »

DIX-SEPT

Les mois passèrent ; l'été succéda au printemps. J'avais commencé à écrire sur toi, Paul. Sur Petr et toi. Mais l'entreprise se révélait beaucoup plus ardue que prévu. Souvent je barrais des pages entières ; le résultat ne correspondait pas à ce que je m'étais imaginé. Ou plus exactement, à ce que je croyais avoir eu lieu. Je me fondais en permanence sur ton journal et sur ce qu'avaient raconté mes parents et Daniel. Mais le récit romancé de ta vie était ou trop dramatique, ou bien démesurément sentimental. Alors je barrais. Et récrivais. D'une certaine façon, j'étais obnubilé par l'idée de te raconter, Paul, de raconter comment les choses s'étaient réellement passées. Le soir – après m'être couché – je pensais intensément à toi, dans l'espoir que mes pensées auraient pour effet de te faire apparaître dans mes rêves. Mais je ne rêvais pas de toi.

J'étais en train de relater la nuit de Walpurgis que Paul et Petr avaient fêtée ensemble, quand on frappa à ma porte. Je rangeai mes feuillets et le journal dans le tiroir de mon bureau avant de répondre.

C'était maman.

« Tu es occupé ?

– J'écris, répondis-je.

– Ah ! Je voulais juste te demander si tu avais l'intention d'aller te baigner demain.

– Je ne sais pas. Je suppose que oui. Pourquoi ?

– C'est-à-dire que... on sera le 21, répondit maman. Stefan et moi avions pensé aller au cimetière pour mettre un bouquet sur la tombe de Paul. Je me suis dit que tu voudrais peut-être venir avec nous.

– Oui, pourquoi pas, répondis-je. Je veux dire, ça me ferait plaisir de venir avec vous. Vous pensiez partir à quelle heure ?

– Je ne sais pas. On n'a pas vraiment d'heure, n'est-ce pas ? Tu veux dire pour la plage ? » J'acquiesçai.

« Nous pourrions prendre nos affaires avec nous et aller nous baigner tous ensemble. Après être allés au cimetière. Ça te dirait ? Ça fait tellement longtemps que nous n'avons rien fait ensemble. Tous les trois.

– Oui, on n'a qu'à faire comme ça. »

La pierre était presque carrée ; petite et noire. Presque insignifiante.

PAUL LUNDBERG
15 ans
★
DÖDERHULT

Pas d'année de naissance. Pas d'année de décès. Mais c'était la tombe de mon frère.

« Mais il y a déjà un bouquet ! s'écria maman, étonnée. Il a dû être déposé aujourd'hui. Le vase est rempli à ras bord.

– C'est peut-être Grand-Maman, dit papa en s'accroupissant devant la stèle. Ou tes parents.

– Non, je ne crois pas. Si l'un d'entre eux était venu ici, il nous l'aurait dit. Tu ne crois pas ?

– C'est peut-être Daniel, suggérai-je.

– Oui, peut-être. »

Papa mit en terre la plante achetée par maman, se releva et se frotta les mains.

« Tu te rends compte que ça fait dix-huit ans qu'il est mort, murmura maman. J'ai l'impression que c'est tellement proche. Comme si c'était arrivé hier. Tu n'es pas de cet avis, Stefan ? »

Nous étions allongés sur les rochers, en plein soleil.

« Oh là là, je ne tiens plus, dit maman en se levant. Il fait vraiment trop chaud. Je vais me tremper dans l'eau. Qui veut me suivre ?

– J'attends un peu, dit papa.

– Moi aussi. »

Je fermai les yeux et écoutai les bruits environnants ; des rires et des cris d'enfants, le bourdonnement d'une émission de radio estivale. J'entendis un moteur qui vrombissait au loin. Et je pensai à la dernière journée que Paul et Petr avaient passée ensemble.

« Papa ?

– Oui ?

– Est-ce que tu sais s'il y a une famille tchèque en ville ? »

Papa ouvrit les yeux un court instant.

« Une famille tchèque. Oui, c'est bien possible. Celle qui est ouvreuse au Saga vient de Tchécoslovaquie. Comment s'appelle-t-elle, déjà ? Ludmila, je crois. Elle est mariée à un de mes camarades d'école.

– Oui, mais je veux dire une *famille* tchèque », dis-je.

Il réfléchit un instant.

« Eh bien, personne que je connaisse en tout cas. Plus maintenant.

– Qu'est-ce que tu veux dire ?

– Il y avait un Tchèque qui travaillait sur le port, il y a pas mal d'années. Il se prénommait Adam. Sa famille et lui venaient de Tchécoslovaquie. De Prague, je crois.

– Comment s'appelait-il, à part Adam ?

– Je ne me rappelle pas. Il avait un nom compliqué. Sha... Sho... Shoře. Oui, c'est ça. Il s'appelait Shořely. Ce n'est pas tout à fait comme ça que ça se prononce. Je n'ai jamais réussi à le prononcer correctement. Mais c'était bien Shořely. Adam Shořely. »

Maman était de retour. Elle s'assit à côté de papa et entreprit de se sécher les cheveux.

« De qui parlez-vous ? s'enquit-elle.

– Adam Shořely, répondit papa. Tu te souviens de lui ?

– Guère. Mais son nom me dit quelque chose. »

Papa s'assit.

« Tu dois bien te souvenir de lui ? reprit-il. Un type tout dégingandé. Avec une casquette. » Puis il changea de ton. « C'est sa maison qui a brûlé à Saltvik. Tu te rappelles, maintenant ? Il y a eu un mort. Mais Adam a eu la vie sauve, lui. Il travaillait sur le port. Ils se sont installés à Kalmar après l'incendie.

– Oui, dit maman avec hésitation, je crois que je me rappelle. »

J'avais la chair de poule. *P.S.* C'est ainsi que Petr avait achevé ses lettres. Et pendant tout ce temps, je m'étais demandé pourquoi il omettait systématiquement le post-scriptum.

« Quand est-ce arrivé ? » demandai-je d'un ton aussi détaché que possible.

Papa réfléchit un instant.

« Ça fait un bout de temps. Tu n'étais pas encore né. »

Il se tourna vers maman. « Je crois que c'était en 1969. »

Je m'assis et mis la serviette sur mes épaules.

« L'année où Paul est mort, c'est ça ? murmurai-je.

– Oui, c'est ça.

– Tu le connaissais ?

– Adam ? Non, je n'irais pas jusque-là. On se saluait quand on se voyait sur le port. Mais on n'a jamais travaillé ensemble... »

Je me tus un bon moment avant d'oser continuer.

« Tu disais que sa maison avait brûlé.

– Oui.

– Est-ce que c'était... Est-ce que ça s'est produit en été ? Au moment de la mort de Paul ?

– Oui, c'est ce que je viens de te dire.

– Raconte un peu. »

Il me regarda d'un air étonné.

« C'est que – il n'y a pas grand-chose à raconter. Je ne me rappelle pas ce qui a déclenché l'incendie. Mais ils étaient chez eux quand c'est arrivé. Ou bien... Non, Adam n'était pas là. Il est arrivé après. La déflagration a dû être terrible, j'imagine. Vu qu'ils n'ont pas eu le temps de sortir. »

Je sentais le regard de maman, mais je n'osais pas me retourner et la regarder dans les yeux.

« Continue, priai-je.

– La bicoque était en flammes quand les pompiers sont arrivés. La seule chose qu'ils ont pu faire, c'est d'éviter que l'incendie ne se propage. C'était peine perdue pour la maison.

– Et lui, ils l'ont trouvé quand ? » demandai-je, tendu.

Il me semblait à présent que papa et maman me dévisageaient tous deux avec insistance.

« Qui, lui ? » demanda-t-il.

Je jetai un bref coup d'œil en direction de maman ; elle avait l'air presque effrayée.

« Ce... celui qui est mort, bégayai-je.

– Tu n'écoutes rien à ce que je raconte, riposta papa, irrité. Ce n'est pas Adam qui est mort. C'est sa femme.

– Mais le fils, alors ? articulai-je tant bien que mal. Il est mort lui aussi, non ?

– Non, il s'en est tiré. Mais il a été brû...

– Arrêtez ! Il y en a assez de cette conversation macabre, coupa maman. C'est... sinistre de passer en revue les détails d'un accident qui s'est produit il y a une éternité. » Elle me fixa du regard. « Qu'est-ce que c'est que cette histoire, Jonas ? Pourquoi t'intéresses-tu à cette famille ? Tu ne sais rien d'eux. Tu ne les connais pas. Tu n'étais même pas né quand ça s'est passé.

– Et toi, poursuivit-elle en se tournant vers papa. Qu'est-ce que ça signifie de raconter tous ces détails abominables ? Pourquoi... ?

– Pardon », marmonnai-je en me levant brusquement. Et l'eau dans laquelle je plongeai me parut glaciale.

DIX-HUIT

On frappa à ma porte.

« Oui ?

– Ce n'est que moi », dit maman en entrant.

J'étais toujours allongé sur le lit, la tête dans l'oreiller.

« C'est bientôt prêt, dit-elle. Tu as faim ?

– Pas tellement. »

Et nous nous tûmes.

« Qu'est-ce qui te préoccupe, Jonas ? » demanda-t-elle au bout d'un moment.

J'enfouis mon visage au plus profond de l'oreiller.

« Jonas ? Tu sais bien que tu peux me parler, non ? »

Je sentis les larmes monter.

Maman prit ma main dans la sienne, et de l'autre caressa mes cheveux.

« Là, là, susurra-t-elle. Dis-moi tout, ça va te faire du bien. Tu ne crois pas ? » Elle se pencha tout près de moi et chuchota à mon oreille. « Ton oreiller a beau ne pas déteindre, ce n'est pas une raison pour l'inonder de larmes de sel.

– Ne te moque pas ! C'est pas amusant. C'est sérieux.

– Pardon ! Ce n'est pas ce que je voulais dire... Ecoute, Jonas, je comprends que c'est sérieux. Sinon tu ne réagirais pas ainsi. Mais si tu ne me dis rien, je ne vais pas pouvoir t'aider. A supposer que je puisse faire quelque chose. N'est-ce pas ? »

J'aurais bien voulu tout lui raconter, mais je ne voyais pas comment. Et je ne voulais pas lui mentir, au fond.

« J'ai... fait des rêves affreux, ces derniers temps. Des cauchemars. »

Elle caressait toujours ma main.

« Je ne sais pas... certains rêves – c'est comme s'ils avaient été vrais, poursuivis-je. Presque comme des rêves prémonitoires, si tu vois ce que je veux dire. Et puis j'ai appris certaines choses. Des choses qui ont eu lieu *pour de vrai*. Et c'est précisément de ces événements que j'ai rêvé. Des rêves effrayants. »

Maman acquiesça en silence.

« Et bien que ce soit des gens que je ne connais pas, c'est comme si je les connaissais en réalité. Ou les avais connus, car certains sont morts.

– Tu veux dire que tu as rêvé de cette famille tchèque ?

– Oui.

– Et tu as rêvé que leur maison brûlait et que quelqu'un avait péri dans l'incendie ? »

Je fis un signe affirmatif.

« Oui, sauf que... mon rêve ne correspond pas tout à fait à ce que papa a raconté », murmurai-je.

Maman resta silencieuse un instant, les yeux tournés en direction de la fenêtre. Puis elle se tourna vers moi ; une mèche de cheveux lui tombait sur le front. Elle avait les yeux pleins de larmes.

« Oh oui, Jonas. Je sais ce que les rêves et les cauchemars peuvent avoir de terrible quelquefois. Qu'il s'agisse de rêves prémonitoires ou non. Que ce soit des choses qui se sont passées réellement ou des pensées confuses dans notre inconscient...

« Peut-être que tu ne dors pas assez, poursuivit-elle. Tu lis tard le soir. Et nous sommes ainsi faits que notre vécu ou nos rêves nous affectent bien plus quand nous manquons de sommeil. Tu devrais peut-être essayer de t'endormir plus tôt.

– Oui, peut-être.

– Pardonne-moi d'être intervenue aussi violemment, dit-elle en me serrant la main. Mais j'ai cru devenir folle quand je vous ai entendus ressasser tous les détails de ce terrible incendie.

– Tu n'as pas à me demander pardon. J'ai failli devenir fou moi aussi. »

Nous nous sourîmes.

« Et toi, tu t'en souviens, de cette famille ?

– Oui, j'ai repensé à eux dans la voiture. J'ai rencontré la mère à l'hôpital, une fois. Elle s'était trompée de service, si mes souvenirs sont exacts, et je l'ai aidée à retrouver son chemin. Et je me rappelle aussi Adam, le père, mais seulement vaguement.

– Et le fils ? Tu te souviens de lui ? »

Elle hocha la tête.

« Non, je ne crois pas l'avoir jamais rencontré. Je me rappelle seulement la notice dans le journal. Il avait été transporté à l'hôpital dans un état critique et n'avait pas repris connaissance. Je me rappelle m'être demandée s'il savait que sa mère était morte.

– Quand l'as-tu lu ?

– C'était dans le journal le lendemain de l'incendie, répondit-elle dans un murmure. Le jour où Paul est mort.

– Et tu t'en souviens ? Bien que ça se soit passé le même jour que le décès de Paul, tu te souviens d'un article de journal qui parlait d'une autre famille ? D'un autre garçon ?

– Oui. Peut-être justement pour ça. Je crois que je me rappelle tout ce qui s'est passé ce jour-là.

– Est-ce que tu te rappelles...

– Quoi donc ?

– Est-ce que tu te rappelles comment s'appelait ce garçon ? L'autre garçon ? »

Elle réfléchit un instant.

« Oui, il s'appelait Peter. Non, attends. Petr ! C'est ça. Petr. » Soudain son visage se figea.

Je dus faire un effort sur moi-même pour ne pas recommencer à pleurer.

« Qu'y a-t-il ? demandai-je en ravalant mes larmes.

– Euh, je viens de penser à quelque chose, tout à coup, bredouilla-t-elle. Je crois que Paul connaissait un garçon qui s'appelait Petr. Oui, il s'appelait aussi Petr. Et tout à coup je me suis demandée si par hasard ce n'était pas la même personne... Tu comprends ? Imagine que ce soit le même garçon. Celui qui a perdu sa mère dans l'incendie, et celui qui connaissait Paul. »

Je sentis ma gorge se nouer à nouveau.

« C'est peu probable, dis-je. Petr doit être un nom assez répandu, tu ne crois pas ? Comme Peter chez nous. »

Maman approuva d'un signe de tête.

« Oui, bien sûr. Tu as sans doute raison. Et d'ailleurs, ça n'a pas grande importance, n'est-ce pas ?

– Non. Ça n'a absolument aucune importance, répondis-je. Plus maintenant en tout cas. »

DIX-NEUF

Une plaque en laiton sur laquelle était gravé le mot « Rédaction » indiquait que j'étais à la bonne adresse. Je frappai à la porte.

« Entrez ! »

Une femme me tournait le dos quand j'entrai. Elle se retourna et me sourit.

« Bonjour ! En quoi puis-je t'être utile ?

– Je voudrais consulter un vieux journal, répondis-je.

– Ah. Vieux comment ? Il est paru quand, je veux dire ?

– Le 21 juillet 1969. »

Elle laissa échapper un petit rire.

« Eh bien, ça ne date pas d'hier. Tu ne devais même pas être né, dit-elle en souriant.

– Non, répondis-je. Pas tout à fait.

– Ah. Bien sûr, tu peux le consulter. Attends un peu. Je vais chercher la clé des archives. »

Elle retira un énorme volume relié de l'une des nombreuses étagères.

« Voilà, dit-elle en pointant son doigt sur l'étiquette. Le volume qui contient les numéros publiés en juillet 1969. Je vais le poser sur la table qui est là, comme ça tu pourras le compulser toi-même. Ça ira ?

– Oui, merci. »

Elle désigna l'autre bout de la pièce.

« J'ai quelques articles à photocopier, dit-elle. Je suis là-bas. Fais-moi signe quand tu auras terminé. Ou si tu as besoin d'aide. »

De nombreux articles faisaient référence à l'atterrissage sur la lune, alors imminent, mais je ne m'arrêtai pas aux pages couvertes du gris-noir des images satellites. Enfin, en page 4, je tombai sur le titre que Daniel avait lu et relu : *« Un violent incendie à Saltvik fait une victime. »*

Je frémis et jetai un coup d'œil à l'autre bout de la pièce ; j'aperçus la silhouette de la femme derrière une vitre sale. Puis je commençai à lire.

« Un violent incendie a dévasté une villa à Saltvik hier après-midi. Une femme d'une cinquantaine d'années a trouvé la mort, tandis que son fils âgé de seize ans en a réchappé avec des brûlures. Le père de famille ne se trouvait pas à son domicile quand l'incendie s'est déclaré. Pompiers et ambulanciers sont intervenus rapidement et ont pu pénétrer dans la villa en flammes, en dépit de l'épaisse fumée qui s'en dégageait. La femme était déjà morte lorsqu'on l'a découverte, alors que son fils donnait encore des signes de vie. Le garçon a été transporté à l'hôpital de Västervik, où l'on a pu rapidement constater que ses jours n'étaient pas en danger. La violence de l'incendie a fait craindre une éventuelle propagation aux constructions environnantes. Ce n'est que vers 22 heures que les pompiers ont réussi à éteindre le feu. La maison a été totalement détruite. La cause de l'incendie n'est pas encore déterminée. Il pourrait s'agir d'un court-circuit

électrique. Le père, profondément choqué, se trouve lui aussi à l'hôpital. »

Je continuai à feuilleter le journal, troublé et quelque peu bouleversé. J'avais espéré trouver le nom de famille de Petr écrit en toutes lettres ; je ne savais ni le prononcer, ni l'épeler. Je trouverais peut-être un avis de décès, en cherchant un peu.

Mais mes yeux furent retenus par quelque chose d'autre.

« *Un jeune garçon décède lors d'un accident de train.* »

« Mon Dieu ! » murmurai-je. Je n'avais pas réfléchi aussi loin. Je ne m'étais pas attendu à trouver aussi un article concernant la mort de Paul. La mort de mon frère.

« *Un adolescent âgé de 15 ans, domicilié à Döderhult, a trouvé la mort lundi après-midi ; il a été percuté par l'autorail alors qu'il se trouvait sur la voie ferrée. L'accident a eu lieu à la sortie d'un virage, à 5 km à l'ouest de Oskarshamn. Le jeune garçon n'a pas remarqué les signaux du conducteur, et ce dernier n'a pas eu non plus le temps de freiner. Le garçon se trouvait alors en promenade ; il connaissait bien l'endroit et savait que des trains circulaient sur cette ligne. La mort a semble-t-il été instantanée.* »

C'était tout. Un bref entrefilet sur la mort de mon frère.

« Mon Dieu ! » murmurai-je une nouvelle fois. Petr et Paul – Milenec et Princi – n'étaient rien de plus qu'un « fils » et un « adolescent » âgés respectivement de 16 et

15 ans. Il ya tant de façons de rendre compte de la réalité. Un être humain avec sa vie, ses sentiments, ses pleurs et ses rires ; un être humain qui a vécu, et qui est mort ; un être humain comme toi et moi, peut subitement voir sa vie décimée dans le raccourci saisissant de quelques malheureuses lignes de journal – un journal qui n'est bientôt plus d'actualité et qu'on jette, tout jauni. Ou qu'on enferme dans des archives poussiéreuses.

Je n'arrivais pas à reconnaître mon frère et son ami dans ces articles trop succincts.

« Tu as trouvé ce que tu cherchais ? »

Je répondis d'un signe de tête. Elle retira ses lunettes et me dévisagea ; ses yeux étaient d'un bleu étrange.

« Puis-je te demander ce que tu cherchais ?

– Oui... bien sûr », répondis-je, et je désignai l'article.

Elle remit ses lunettes et lut lentement l'entrefilet.

« Ah, fit-elle. Mais comment se fait-il que tu aies consulté cet article en particulier ? Tu n'étais même pas né quand ça s'est produit, n'est-ce pas ?

– C'était mon frère, expliquai-je. Il est mort l'année qui a précédé ma naissance. Dix-sept mois avant ma naissance.

– Vraiment, dit-elle d'un ton chaleureux. Comme c'est triste. Alors tu ne l'as pas connu. »

Je secouai la tête.

« Comment s'appelait-il ?

– Il s'appelait Paul. Paul Lundberg.

– Mais oui, bien sûr, balbutia-t-elle. J'aurais dû y penser plus tôt ! Alors comme ça, tu es le fils de Sara Lundberg ? Ça aurait dû me sauter aux yeux. Tu lui ressembles.

– Vous connaissez ma mère ?

– Oui, ou plutôt je la connaissais quand j'étais jeune. Nous étions dans la même école, Sara et moi. Ça fait un moment que nous ne nous sommes pas vues. Mais je me rappelle avoir été très attristée en lisant l'avis de décès de ton frère. Quelle épreuve terrible ça a dû être pour elle. Et pour ton père, bien entendu. J'étais vraiment contente pour elle quand j'ai appris qu'elle avait eu un autre garçon. Et maintenant te voilà devant moi. Le second fils.

– Oui.

– Je m'appelle Agneta. Agneta Carlsson. Tu diras bien bonjour à ta maman de ma part.

– Je n'y manquerai pas, dis-je. A propos, le... l'avis de décès de Paul, quand est-il paru dans le journal ? »

Elle se pencha sur les journaux reliés.

« Voyons », murmura-t-elle en faisant crisser sous ses doigts les feuilles de fin papier journal. « Ça devrait pouvoir se trouver sans trop de difficulté. Voyons... Non, ça n'a pas l'air d'être là. »

Elle referma le livre et attrapa le volume suivant sur l'étagère. Elle chercha un court instant et s'arrêta à un endroit qu'elle me montra de son doigt bagué.

Je m'approchai et me penchai sur les pages ouvertes. Et c'est ainsi que je pus lire l'avis de décès de mon frère.

Et à la suite de ton nom – *une étoile et une croix* – et de celui de tes et de mes parents – *Sara et Stefan* – et après la foule sans nom de tous ceux qui te connaissaient – *parents et amis* – il y avait ce simple vers, choisi pour toi et pour nous tous par quelqu'un qui tentait de trouver une explication à ta disparition si soudaine.

« *L'éternité est amoureuse des œuvres du temps.* »

Je relus ces mots une nouvelle fois. Et une fois encore.

« *L'éternité est amoureuse des œuvres du temps.* »

Je pesai chaque mot et décidai qu'ils me plaisaient, ils correspondaient à la représentation que je me faisais des événements. C'était la seule explication qui tînt. Toutes les autres ne faisaient que donner lieu à de nouvelles réflexions et à de nouvelles questions. Celle-ci était, d'une certaine façon, juste. Elle se suffisait à elle-même.

« *L'éternité est amoureuse des œuvres du temps.* »

La femme à mes côtés effleura mon bras.

« William Blake, dit-elle.

– Pardon ? »

Elle tapota mon bras.

« C'est William Blake qui a écrit cette phrase. Je la reconnais. J'avais un camarade de classe qui essayait de nous faire lire Blake. Personne n'avait vraiment accroché, mais je me rappelle ce vers-là, en tout cas. Il est tellement beau.

– Oui. »

Mes yeux se posèrent à nouveau sur la page du journal. Et soudain je sus comment on écrivait le nom de famille de Petr.

Notre chère
Daniela Shořelá
*** 28/4/1924 † 20/7/1969**
Adam & Petr Shořely
Tvůj anděl je s tebou

« Agneta ! » s'écria maman quand je lui racontai ma

visite à la rédaction. « Ça c'est amusant ! Ça fait une éternité que je ne l'ai pas vue.

– J'ai lu l'avis de décès de Paul, ajoutai-je.

– Ah ? répondit lentement maman. Tu l'avais bien déjà lu, non ? »

Je secouai la tête.

« Non ? Ah bon. On en a gardé un exemplaire qu'on a découpé dans le journal. Je crois que c'est quelque part dans la commode qui est dans notre chambre. Avec un bref article sur... l'accident lui-même.

– Oui, je l'ai lu aussi, dis-je. Il était étonnamment court. Je ne le cherchais pas, mais quand je l'ai trouvé et que je l'ai lu, il m'a semblé tellement dérisoire. C'était trois fois rien. Mais j'ai bien aimé la citation.

– Laquelle ?

– Celle qui était dans le faire-part. *"L'éternité est amoureuse des œuvres du temps."* Agneta dit que c'est de William Blake.

– Oui, c'est bien ça. Alors comme ça, elle l'a reconnue ?

– Oui », répondis-je, et je lui racontai ce qu'Agneta avait dit.

Maman sourit.

« Oui, je me rappelle ce vers moi aussi, dit-elle. Il m'a presque poursuivie. Une de ces phrases qui vous passent par la tête de temps à autre, comme une sorte de devise involontaire. Comme une formule magique.

– Tu as rencontré le type en question ?

– Quel type ?

– Eh bien, celui qui était dans la classe d'Agneta. Celui qui lisait Blake. »

Maman rit.

« Oui, on peut l'affirmer en toute sérénité !

– Qu'est-ce qu'il y a de si amusant ? »

Maman me caressa la joue.

« Toi aussi tu l'as rencontré, Jonas. Il se trouve que c'est Daniel. »

« Dis-moi, Jonas, murmura maman après un long silence. J'ai comme l'idée que tu es toujours en plein dans tes... *mots croisés*. C'est bien ça ? Ce qui te préoccupait déjà il y a quelques années. Quand tu as commencé à nous demander des choses, à Daniel et à moi. Quand tu croyais qu'on pouvait peut-être t'aider. »

J'acquiesçai.

« Je pense que tu devrais arrêter. On dirait que ça t'est pénible. Et les *mots croisés*, ça devrait être amusant, non ? Si tu arrêtes ça, tu dormiras sûrement mieux la nuit. Et peut-être arrêteras-tu de faire ces affreux cauchemars.

– Oui, peut-être, répondis-je en souriant. Mais il me reste un dernier mot à trouver. Après ça j'en aurai terminé avec les mots croisés. Et ce sera la fin de tous mes cauchemars.

– Tu le crois réellement ?

– Oui, vraiment.

– C'est bien. »

VINGT

Ce soir-là, j'écrivis une lettre à Petr Shorely. Après ma visite à la rédaction du journal, je m'étais rendu à vélo jusqu'à l'agence des télécoms. Je ne me rappelle pas combien d'annuaires je dus consulter avant de trouver son nom. Et quand je tombai enfin dessus, ce fut dans le volume qui couvrait la région où j'habitais. « Shorely, Petr ». Pas de signe diacritique. Pas de titre. Mais une adresse dans une localité située à une douzaine de kilomètres de la ville. Je fus tout heureux de le trouver, et décidai de lui écrire sur-le-champ.

Je lui expliquai qui j'étais et pourquoi je le contactais. « Je voudrais vous rencontrer. Vite. Si possible avant la rentrée. J'ai tellement de choses à vous demander. Et je voudrais aussi vous montrer quelque chose. Merci d'avance de bien vouloir me répondre rapidement. »

Ce n'est qu'après avoir fermé et timbré l'enveloppe que je fus pris d'un doute.

« Tu sors maintenant ? s'étonna papa. Mais il est presque minuit.

– Je sais, dis-je. Je vais seulement poster une lettre.

– Elle n'arrivera pas plus vite pour autant, dit-il. La prochaine levée n'aura pas lieu avant demain après-midi.

– Oui, je sais. Mais il faut *absolument* que je la poste ce soir. »

Cette même nuit, je rêvais à nouveau de mon frère.

Il était assis sur le rebord du lit. Il se pencha au-dessus de moi et chuchota mon nom.

« Oui ?

– Suis-moi, dit Paul. Viens voir la nuit étoilée. »

Il me prit par la main et me guida au dehors. Les étoiles brillaient plus intensément qu'à l'accoutumée ; on eût dit qu'elles étaient suspendues juste au-dessus des toits et des cimes des arbres.

« Est-ce que tu vois, Jonas ? demanda Paul en faisant un geste vers le ciel.

– Oui, répondis-je. Maintenant je vois.

– Sais-tu ce que tu vois ? »

Je secouai la tête.

« C'est l'éternité qui tire un feu d'artifice, commenta Paul. Un feu d'artifice éternel qui envoûte quiconque le regarde. Un feu d'artifice toujours présent au-dessus de nos têtes, même si nous n'y prêtons pas toujours attention. C'est le feu d'artifice de l'éternité.

– Mais qu'est-ce que l'éternité, alors ? » questionnai-je.

Paul ne répondit pas. Il souriait.

« Est-ce une entité ? poursuivis-je. Ou bien une puissance ? Ou encore une divinité ? »

Il secoua la tête.

« Non, l'éternité n'est pas une entité. Et ce n'est pas une divinité non plus. Peut-être est-ce une force. L'éternité est faite de nos pensées et de nos désirs.

– Mais pourquoi l'éternité était-elle amoureuse de toi ?

– L'éternité est amoureuse de tout ce qui est prisonnier du temps. De toi aussi, Jonas. L'éternité te voit. Voit tes yeux.

Mais tes yeux sont prisonniers du temps. L'éternité n'a pas la perception du temps, l'éternité se meut au-delà du temps et ne peut donc pas voir à travers tes yeux. C'est pourquoi l'éternité est à tout jamais amoureuse de toi et de tous ceux qui éprouvent le temps.

– Mais alors, je devrais aussi être avec toi ?

– Un jour, tu me rejoindras. Mais pas avant longtemps. Il n'y a rien qui presse. L'éternité n'est jamais pressée. C'est dans sa nature.

– Mais si l'éternité n'est pas pressée, pourquoi es-tu mort si précocement ? »

Paul haussa les épaules. Et sourit.

« C'est comme ça, répondit-il. J'étais occupé à penser à l'éternité, aux étoiles, à l'amour, et...

– Et Petr, alors ? »

Paul caressa ma joue.

« Petr, murmura-t-il. Můj bratře. »

VINGT ET UN

Les grandes vacances s'achevèrent et je retournai au lycée sans avoir eu de nouvelles de Petr. J'envisageai un moment de lui envoyer une autre lettre, mais j'abandonnai finalement l'idée. Je n'avais rien de plus à lui écrire, et n'aurais fait que répéter ce que j'avais écrit la première fois.

« Je te trouve bien soucieux en ce moment, remarqua un jour maman.

– Comme ci comme ça. »

Son regard se fit inquisiteur.

« Ce sont tes *mots croisés* ? »

Je ne pus m'empêcher de sourire.

« D'une certaine manière. Mais pas seulement.

– Ah ? Tu ne veux pas me dire ce que c'est ? »

Je secouai la tête.

« Tu me raconteras plus tard, quand toute cette histoire sera terminée ? »

Je la regardai dans les yeux.

« Peut-être, répondis-je. Je ne sais pas. Peut-être. »

J'étais allongé sur mon lit. Sur la table de nuit, à côté de moi, se trouvait l'Austin bleue. Je tendis la main pour l'attraper, actionnai le volant en plastique rouge et observai les roues qui tournaient, dans un mouvement de va-et-vient. Derrière la vitre rayée, j'apercevais les deux figurines en plastique. J'approchai la voiture de mes yeux et souris ; il m'était toujours aussi impossible de discerner leurs traits. Je songeai alors qu'il m'arrivait parfois de me demander, enfant, si ces petits bonshommes étaient tristes ou gais.

Et je pensai à Petr.

Et ma décision fut prise.

Maman était assise à la table de la cuisine.

« Tu veux une tasse de café ? demanda-t-elle. Il y en a suffisamment pour toi aussi. »

Je me versai une tasse et m'assis en face d'elle.

« Maman, commençai-je. J'avais pensé aller voir un copain ce week-end.

– Ah oui ? Qui donc ?

– Un camarade d'école, mentis-je. Il habite à Påskallavik. Je vais prendre le premier bus. Celui de samedi matin.

– Tu vas dormir chez lui ? »

Sa question me prit au dépourvu ; je ne me l'étais pas posée moi-même. Mais je crois que je réussis à donner le change et à garder mon calme.

Je croisai son regard.

« Je ne sais pas, répondis-je. On n'en a pas encore discuté. Ça dépendra de l'heure, j'imagine. »

Maman sourit.

« Qu'est-ce que vous allez faire ? »

Je haussai les épaules.

« Rien de spécial. Bavarder, je suppose. Et écouter des disques, quelque chose dans ce genre-là.

– Fort bien, dit maman. J'espère que vous allez passer un bon moment. »

VINGT-DEUX

Le chauffeur du bus se retourna et me fit signe.

« C'est ici, dit-il.

– Merci ! » fis-je en me levant.

Le bus stoppa. Les portes s'ouvrirent. Et je descendis.

Je posai mon sac par terre et regardai autour de moi. A quelques mètres de l'arrêt de bus, dans un jardin, se dressait une statue gigantesque, immense silhouette humaine d'un bleu étincelant. « Presque la même nuance que ma vieille Austin », me dis-je en moi-même. Un garçon en habit de verre bleu.

Je sortis la carte de mon sac. Le jardin qui abritait la statue de verre me servait de point de repère. Je consultai la carte, me retournai et dénombrai les rues adjacentes.

C'était une petite maison blottie dans un jardin luxuriant, telle une petite maison de vacances.

Je m'arrêtai devant la grille. Un cinq entrelacé sur la boîte aux lettres confirmait que j'étais bien à la bonne adresse. J'ouvris la grille d'une main tremblante.

Je fus pris d'un sentiment d'irréalité. Je relus à plusieurs reprises le nom inscrit sur la plaque à côté de la sonnette et restai un long moment debout devant la porte sans oser sonner.

Les aboiements d'un chien me ramenèrent brusquement à la réalité. Je me retournai. De l'autre côté de la rue, je vis une vieille dame qui me regardait. Le molosse aboyait et tirait sur sa laisse.

Je leur tournai le dos et sonnai.

Rien ne se produisit.

Je sonnai une nouvelle fois. Et le chien se remit à aboyer.

Comme je m'apprêtai à sonner une troisième fois, la porte s'ouvrit et les yeux sombres et irrités de Petr me scrutèrent.

En un rien de temps son visage se décomposa. Il semblait presque choqué.

« Bonjour, balbutiai-je.

– Mon Dieu ! » soupira Petr.

Le chien aboyait méchamment.

Petr se pencha en avant et regarda en direction de la vieille dame et du chien.

« Entre ! » ordonna-t-il en ouvrant la porte pour me laisser passer. C'est seulement à ce moment que je réalisai qu'il était presque nu. Il avait pour tout vêtement une serviette enroulée autour des hanches.

Je ne pouvais détacher mon regard de son corps tant j'étais étonné. La cicatrice qui s'étendait de la hanche gauche à la cage thoracique, presque jusqu'à l'aréole droite, ressemblait à une énorme empreinte de main. Et la peau étrangement colorée brillait légèrement. Comme de la soie.

Petr referma précipitamment la porte et me fixa du regard.

« Je... je suis Jonas, bégayai-je. Le frère de Paul. »

Il recula d'un pas et grommela quelque chose qui ressemblait à *krucifix*.

« J'étais sur le point de prendre une douche, marmonna-t-il. Je... »

Il n'acheva pas sa phrase.

« Je vous dérange ? » fut la seule chose que je trouvai à dire.

Il rit à ces mots.

« Si tu me déranges ? répéta-t-il. En fait je ne sais pas. Enfin pas encore. » Et il s'efforça de sourire.

J'essayai de ne pas regarder l'étrange cicatrice.

Petr soupira.

« Pardonne-moi ! Ça m'a fait un coup quand je t'ai vu. Je ne m'étais pas attendu à... Bah ! Entre ! Tu peux poser tes affaires ici. Tu n'as qu'à t'installer dans le séjour pendant que je prends ma douche. »

Je fis un signe de tête. Et me sentis gêné.

Petr me précéda dans la salle de séjour.

« Tu peux mettre un disque si tu veux, dit-il en désignant la chaîne hi-fi. Je n'en ai pas pour longtemps. »

J'avais toujours la même impression d'irréalité. Je passai son séjour en revue ; ses tableaux et ses bibelots, les titres sur les tranches des livres, ses disques. Comme si ma place avait été là, comme si j'avais été chez moi. Ou comme si j'avais été quelqu'un d'autre.

Je choisis un disque au hasard ; le son assourdi d'un chœur m'enveloppa brusquement, mots inconnus sur une mélodie magique. Mes mains cessèrent de trembler. Je m'assis sur le canapé et fermai les yeux.

« Jonas ? »

Je tressaillis. Il se trouvait de l'autre côté de la table du salon. Je ne l'avais pas entendu venir. Mais à présent il était là. *Petr je tady.*

« Je t'ai fait peur ?

– Non, non. »

Je l'observais pendant qu'il me parlait et le reconnaissais d'après les photos que j'avais vues dans l'album de mon frère. Son visage était un peu plus fort que lorsque Paul l'avait photographié à Kammarviken. Mais c'était bien le même profil. Et les mêmes yeux sombres.

« Il faut que tu m'excuses, mais ça m'a vraiment causé un choc quand j'ai ouvert la porte.

– Vous avez cru que c'était Paul ? »

Petr sourit. Et c'était le même sourire.

« Non. Ce n'est pas ça. J'ai bien vu que c'était toi. Mais je ne m'étais pas attendu à te voir ici. Non, vraiment, je m'étais attendu à tout sauf à ça. »

Je détournai mon regard. Petr se dirigea vers la chaîne hi-fi et baissa le son.

« Combien de temps as-tu l'intention de rester ? Je veux dire... tu veux rentrer bientôt ?

– Je ne sais pas, balbutiai-je. Je voulais seulement vous rencontrer. »

Il me dévisagea un instant. Puis il sourit.

« Ecoute, Jonas, commença-t-il. En fait je devais voir un collègue un peu plus tard. Mais je vais l'appeler pour lui dire que j'ai un empêchement. Comme ça on aura le temps de parler tous les deux, toi et moi. »

Je me contentai de hocher la tête.

Petr rit brièvement et s'assit à côté de moi.

« Ne fais pas cette tête-là, implora-t-il. Je ne suis pas méchant. Et je ne suis pas fâché non plus, du reste. Si c'est ce que tu crois. Mais ça m'a vraiment fichu un coup de te voir. »

Il tendit la main et effleura mon bras.

« J'aurais bien voulu répondre à ta lettre, poursuivit-il, mais je ne savais pas quoi écrire. Tu dis que tu veux parler de ton frère. Que tu veux savoir des choses à son sujet. Mais je n'étais pas sûr, moi, de vouloir parler de lui. Ça m'est difficile, il faut que tu le comprennes. Ça m'est toujours pénible de penser à Paul. Mais... on peut essayer. Puisque de toute façon tu es là. »

VINGT-TROIS

Après que nous eûmes pris un café, Petr me fit visiter sa petite maison. Nous nous arrêtions à certains endroits et Petr m'expliquait quelque chose à propos du tableau ou de l'objet que nous étions en train de regarder. Dans son bureau, il désigna deux cadres ovales.

« Ce sont mes parents.

– Adam et Daniela », dis-je.

Petr rit, tout étonné.

« Et comment se fait-il que tu le saches ?

– Je l'ai lu quelque part. »

Petr me dévisagea. Puis il sourit, subitement.

« Ah ! Je crois que je comprends. »

Je souris, un peu gêné.

« Tu l'as lu dans le journal de Paul, n'est-ce pas ? »

J'acquiesçai. Petr riait, et ses yeux sombres étincelaient. Puis, après un moment, son visage changea d'expression.

« Mon Dieu, comme vous vous ressemblez », murmura-t-il.

Je baissai les yeux.

« Pardon. Je... je ne voulais pas... »

Nous étions assis l'un à côté de l'autre dans le séjour. J'avais sorti les photographies que j'avais trouvées dans le coffre à secrets de Paul, et les avais montrées à Petr.

J'avais parlé de mon frère et raconté comment l'image que j'avais de lui s'était modifiée au fil des années. Et j'avais expliqué comment j'avais trouvé le journal et les photographies.

Petr riait. Et je commençai à me sentir rasséréné.

« C'est digne de Sherlock Holmes ! s'exclama-t-il. Ça s'est passé quand, au fait ?

– Ça fait assez longtemps, répondis-je, songeur. Non, pas si longtemps que ça, en définitive. J'ai d'abord trouvé les photographies, et ensuite le journal.

– Ah. Et ce n'est que quand tu l'as retrouvé que tu as su que j'*existais*, c'est ça ? »

La question, posée de cette manière, me prit au dépourvu.

« D'une certaine façon.

– Tu es bien mystérieux. Que signifie cette réponse ? »

Je m'éclaircis la gorge pour gagner du temps. Mais en dépit de mon hésitation, je ne me sentais pas le courage – pas plus que le *droit* de lui mentir. Je ne cherchais même pas à mettre d'autres mots sur la réalité, ni à l'embellir.

« Oui, c'est en lisant le journal de Paul que j'ai pour la première fois appris quelque chose à votre sujet. Mais vous m'avez bien demandé si c'est à ce moment-là que j'ai su que vous *existiez*, n'est-ce pas ? »

Il acquiesça et me regarda d'un air étonné.

« Ce n'est pas là que je l'ai appris, poursuivis-je. J'ai seulement appris que vous aviez existé. Parce que, voyez-vous, Paul croyait que vous aviez succombé dans l'incendie de votre maison. »

Je le vis blêmir. Il se pencha en avant, cacha son visage

dans ses mains et murmura quelque chose. Dans un premier temps, je fus incapable de faire autre chose qu'attendre. Mais je brisai finalement le silence.

« Voulez-vous que je vous raconte ? Comment il se fait que Paul vous ait cru mort ?

– Oui.

– Paul vous attendait sur la plage, mais comme vous ne reveniez toujours pas, il a décidé de se rendre chez vous à vélo. Il est arrivé juste après les pompiers et les ambulanciers. Et c'est là qu'il a vu un corps calciné sur une civière... Les infirmiers étaient en train de recouvrir le corps au moment où Paul l'a aperçu, mais il voyait les jambes qui dépassaient sous la couverture. Il a vu vos tennis rouges, Petr.

– Mon Dieu ! » marmonna-t-il en se redressant. Ses yeux s'emplirent de larmes et il prononça le fameux mot qui ressemblait à « crucifix ».

« Ce n'est pas moi qui étais allongé sur cette civière-là », commença-t-il, et sa voix était proche des sanglots. « C'était maman. Elle avait ses tennis aux pieds. C'était les mêmes que les miennes. Mais ça ne pouvait pas être *moi*. J'étais déjà en route vers l'hôpital quand ils l'ont trouvée. Elle était au premier étage. Pourquoi n'a-t-il pas demandé aux ambulanciers ? Ils auraient pu lui dire. Ils auraient pu expliquer que... Mon Dieu ! Alors il m'a cru mort... »

Nous fûmes silencieux un instant. J'aurais voulu trouver les mots qui l'auraient réconforté, mais je ne savais que dire. Au lieu de quoi je le priai de me raconter l'incendie.

« La maison était en flammes quand je suis arrivé,

commença-t-il. Plus tard, à l'hôpital, j'ai appris qu'un voisin avait appelé les pompiers. Mais ils n'étaient pas encore là quand je suis arrivé. Je n'avais pas remarqué qu'il y avait le feu avant d'être sur place. Je n'avais pas senti la fumée, ou alors je n'y avais pas prêté attention. Et à la vue des flammes, j'ai perdu le contrôle de mon vélo. J'ai buté sur une pierre ou une racine et j'ai perdu l'équilibre. Je me suis tordu le pied en tombant. » Il étouffa un petit rire. « C'est presque risible quand j'y repense maintenant. Je pouvais à peine marcher, et j'ai dû pratiquement sauter à cloche-pied jusqu'à la maison. Je savais que maman était au premier étage, et j'allais la sauver. J'étais le seul à pouvoir la sauver. Je ne distinguais rien en entrant, tant la fumée était épaisse. Et je suis tombé dans l'escalier. Je me suis cogné la tête contre une marche et je me suis probablement évanoui. Je ne me souviens de rien d'autre avant mon réveil à l'hôpital.

– Quand avez-vous appris le décès de votre mère ?

– Le soir même. Mon père et un psychologue sont venus me l'annoncer dans ma chambre. Mais j'avais pressenti le pire. Leurs paroles n'ont fait que confirmer mes pressentiments. »

Petr s'enfonça à nouveau dans le canapé et passa sa main dans ses cheveux.

« Et Paul, alors ? Quand avez-vous su qu'il était mort ?

– Oh là là. Seulement quelques jours plus tard. J'étais toujours dans le service des soins intensifs. Mon père avait lu la notice concernant l'accident. Et puis je crois que c'est l'un de ses collègues qui nous a appris qui avait été écrasé. Que c'était Paul qui était mort.

– Mon Dieu, quelle horreur, murmurai-je. Vous avez perdu en même temps deux des personnes qui...

– Oui, soupira Petr. C'était terrible. Absolument terrible. »

Il examina la photographie de Paul sortant de la salle de bains.

« C'est pris chez vous ? demandai-je.

– Oui. J'ai pris cette photo le matin qui a suivi notre première nuit ensemble. Mon Dieu, j'étais vraiment amoureux de lui. Je le trouvais tellement extraordinaire. Il était beau et... et presque magique.

– Comme un *Princi.* »

Petr rit.

« Oui, comme un Princi. » Et ses yeux se remirent à briller. « Tu sais assurément tout sur nous. N'est-ce pas ? »

Je haussai les épaules.

Petr effleura ma joue.

« J'ai presque eu un choc la première fois que je t'ai vu, déclara-t-il. J'ai pensé que tu étais le portrait craché de ton frère. J'avais l'impression de revoir Paul. Mais maintenant que je te vois d'aussi près, je dirais plutôt que vous vous ressemblez, comme des frères.

– Que voulez-vous dire ? Vous m'avez vu avant aujourd'hui ?

– Oui. Cet été. Au cimetière. Je...

– C'est donc *vous* qui avez déposé des fleurs sur la tombe de Paul. »

Petr acquiesça.

« Oui, c'était moi. Je suis allé plusieurs fois me recueillir sur sa tombe. Certaines fois uniquement parce que je me trouvais dans les parages. Mais la dernière fois, cet été, j'avais prévu à l'avance de m'y rendre le jour-anniversaire de sa mort. » Il réprima un ricanement. « Je me suis presque senti pris sur le fait quand je vous ai vus pénétrer dans le cimetière. Comme si j'avais fait quelque chose de répréhensible, d'interdit.

– Vous nous avez vus arriver ?

– Oui. Juste au moment où je me relevais, je vous ai vus passer la grille. Je suis resté cloué là un court instant, à te regarder. Ensuite j'ai tourné les talons et suis sorti par l'autre grille. Je ne voulais pas que vous me voyiez. Je... Je ne voulais pas te voir. »

Nous continuâmes à discuter de Paul pendant plusieurs heures, Petr et moi.

Grâce à ses explications, ce que je savais déjà fut encore plus nuancé, et j'appris des choses nouvelles.

« Paul a-t-il appris le tchèque ? Enfin suffisamment pour le parler ? »

Petr secoua la tête.

« Non, répondit-il. Il savait seulement des mots et des expressions. Ce que je lui avais appris moi-même. » Il rit. « Il me faisait toujours l'effet d'un petit enfant quand il disait quelque chose en tchèque. Ce n'était pas à cause de sa prononciation. Au contraire. Mais il parlait comme un petit enfant. Ce n'est que longtemps après que j'ai réalisé d'où cela provenait : c'était ma façon de parler tchèque. Paul ne faisait que m'imiter. J'étais encore un enfant quand nous avons quitté Prague.

D'abord pour Hambourg, et ensuite pour la Suède. Et ici je n'ai pas parlé tchèque particulièrement souvent. Mes parents voulaient apprendre le suédois le plus rapidement possible. Et donc mes connaissances en tchèque sont restées limitées. On peut dire que mon langage en est resté à un niveau enfantin. Et ce n'est que quand ton frère prononçait mes mots à moi que j'entendais combien ils étaient infantiles. Tu comprends ce que je veux dire ?

– Je crois que oui », répondis-je en bâillant.

Petr me tapota la joue.

« Mon pauvre, chuchota-t-il. Ça fait une éternité qu'on est assis là à discuter. On devrait peut-être garder le reste de l'histoire pour une autre fois. Si tu trouves que ça commence à être ennuyeux.

– Oh non ! Ça ne l'est pas du tout, répondis-je en m'étirant. Je me sens juste un peu étourdi. Au fait, il y a une chose que j'aurais bien aimé vous demander.

– Non ? Vraiment ? fit Petr en riant. Il me semble que tu as passé ton temps à poser des questions.

– Bah, je sais. Mais cette question-là, j'y pense depuis tellement longtemps. Les autres me sont venues au fur et à mesure que nous parlions. »

Il sourit.

« Eh bien ? De quoi s'agit-il ?

– Euh, je voudrais savoir ce qui s'est passé à midi dix le vendredi 20 septembre 1968. »

L'espace d'un moment, il me regarda intensément. Puis ses yeux se mirent à briller.

« Tu es fou ? ricana-t-il. Tu me prends pour un centre de traitement des données, ou quoi ? »

Je ris moi aussi.

« En fait, oui. Enfin dans une certaine mesure.

– Ah. Je vais faire de mon mieux, en ce cas. Voyons, tu voulais savoir ce qui s'était passé le 20 septembre 1968 ?

– Oui.

– Et donc c'était un vendredi ?

– Oui. Et il était midi dix. »

Petr sourit et réfléchit.

« Bon, je peux déjà te dire que c'était la veille de mon anniversaire. Ça devait donc être le dernier jour de mes quatorze ans. »

Ses yeux brillaient. Mais son sourire se figea.

« Je vois, fit-il tout bas. Maintenant je comprends ce que tu veux dire. C'était le jour où j'ai vu Paul pour la première fois.

– C'est ça.

– Devant le réfectoire de son école. Ça fait longtemps que je n'y ai pas repensé. Il observait quelque chose par terre. Il était tellement beau.

– J'en étais sûr ! m'exclamai-je.

– Quoi donc ?

– Paul en parle dans son journal. Vous avez raconté cet événement à Paul la première fois qu'il a dormi chez vous. Mais Paul ne savait pas très bien si vous vous moquiez de lui ou non. Vous vous en souvenez, Petr ? »

Il acquiesça en silence.

« C'est pour cela que Paul devait vérifier dans son précédent journal. Pour voir ce qu'il avait fait ce jour-là.

– C'est exact, marmonna Petr.

– Mais je n'ai retrouvé que le quatrième journal de

Paul, et donc je ne peux pas vérifier ce qu'il avait trouvé par terre. Est-ce que vous vous rappelez ce que c'était ? »

Petr poussa un long soupir.

« Oui, Jonas. Je me rappelle. Je me le rappelle très bien. Bien que je n'y aie pas repensé depuis longtemps. Paul avait découvert un lucane sur l'asphalte, devant le réfectoire. Un grand cerf-volant. Mais ce lucane avait quelque chose de bizarre. Quelque chose qui n'allait pas. Je crois que c'était une de ses ailes. Oui, voilà. C'était ça. Une des ailes était visiblement de travers. Alors Paul s'est baissé pour l'examiner de plus près. Il a fait grimper l'insecte sur sa main pour pouvoir observer l'aile plus à son aise. L'aile blessée. Et pendant qu'il observait le lucane sur sa paume grande ouverte, celui-ci a pris son envol et s'est dirigé vers les grands arbres situés derrière le parking. » Petr s'interrompit et parut vraiment triste tout à coup. « Comme il était beau, Paul. J'étais sur l'allée de graviers – à mi-chemin du parking – et je le regardais. Je ne voyais pas le lucane. J'étais beaucoup trop loin. Je ne voyais que Paul. Et ses mouvements. Je l'ai vu regarder par terre, puis s'accroupir sans prendre appui sur ses mains. Et je l'ai vu se relever en tenant la paume de sa main juste en dessous de son visage. On aurait dit qu'il observait sa main. Et puis, brusquement, il a levé les yeux au ciel, comme s'il cherchait quelque chose que je ne pouvais pas voir. Et tout en suivant des yeux le vol du lucane, il a gardé sa main ouverte tout près de son visage. »

Petr me dévisagea. Ses yeux étaient de nouveau brillants.

« Tu comprends, c'était une expérience *spirituelle*. C'était comme assister à une danse magique, à une cérémonie rituelle. Il était tellement beau. »

Et les larmes se mirent à rouler sur ses joues.

Il était tard quand Petr me ramena chez moi en voiture.

« Tu peux revenir me voir, dit-il quand nous quittâmes sa rue. Si tu veux. Ça n'était pas aussi terrible que ce que j'avais imaginé. Ça m'a fait du bien d'en parler, en fait.

– Je reviendrai volontiers. »

Il alluma l'autoradio et le timbre d'une trompette seule se mêla au bruit de la pluie battante sur le pare-brise.

« Tu aimes le jazz ? »

Je haussai les épaules.

« Comme ça. Daniel n'a pratiquement que des disques de jazz. Du coup, j'en ai écouté pas mal. Certains morceaux sont vraiment sympas, je trouve.

– Daniel. Paul parlait souvent de lui. C'est bien lui qui est un ami d'enfance de ta maman ?

– Oui. Est-ce que Paul parlait beaucoup de lui ?

– Pas tant que ça. Mais ça lui arrivait. Il l'aimait bien.

– Oui, je sais. »

Petr rit et se tourna vers moi.

« Y a-t-il quelque chose que tu ne saches *pas* ? »

Je réfléchis un instant.

« Oui, il y a même beaucoup de choses. Par exemple, je ne sais pas à quoi pensait Paul lorsqu'il était sur la voie ferrée.

– Non, ça personne ne le saura jamais, murmura Petr. Est-ce que tu voudrais le savoir, Jonas ? »

Je secouai la tête.

« Non, je ne crois pas. J'aime bien l'image que j'ai maintenant. De Paul, je veux dire. Je crois que je veux la garder telle quelle. »

VINGT-QUATRE

Petr s'arrêta à côté de la place de parking, juste devant notre immeuble. A travers la pluie, je pus constater que la lumière était allumée dans notre cuisine.

Il laissa le moteur tourner pendant un court instant. Me regarda. Puis il coupa le contact.

Je restai silencieux à ses côtés, sans même remarquer qu'il m'observait.

« A quoi penses-tu, *Klucina* ? »

Je tressaillis.

« Pardon ? »

Petr sourit.

« A quoi penses-tu, Jonas ? »

Je haussai les épaules.

« Je ne sais pas. A tout et à rien. »

La pluie tombait toujours à verse. Je voyais que quelqu'un était assis à la table de la cuisine, mais je ne pouvais pas discerner s'il s'agissait de papa ou maman.

« Tu n'es pas triste, au moins ? demanda-t-il en touchant mon bras.

– Triste ? Non, pas du tout. Pourquoi je le serais ? Je ne suis pas le moins du monde triste. Mais tout me semble si étrange. Presque comme dans un rêve.

– Qu'est-ce que tu veux dire ? »

Je le regardai dans les yeux.

« Je ne sais pas exactement. C'est comme... J'ai

l'impression que tout converge. Et j'ai du mal à faire la part des choses. A entrevoir ce qui est de l'ordre de la pensée et ce qui est bien réel.

– Tu fais allusion à ce qui est arrivé à Paul ? Ou à ce qui se passe maintenant ? »

Je fis un signe de tête.

« Quelquefois c'est comme si Paul et moi étions une seule et même personne. Comme si nous ne faisions qu'un. Et tout ce qui lui est arrivé m'arrive à moi aussi. Sauf que ça a lieu maintenant. Vous comprenez ce que je veux dire ?

– Pas vraiment, répondit Petr. Tu veux dire que ce qui t'arrive maintenant est une répétition de ce qui est arrivé à Paul ? »

Je réfléchis un instant.

« C'est difficile à expliquer. C'est seulement une sensation. Une sensation presque mélancolique. C'est un peu comme si j'en savais plus sur Paul que ce que je devrais savoir. J'en sais plus sur lui que ce que j'ai entendu dire. C'est comme si l'image que j'ai de mon frère ne reposait pas seulement sur ce qu'on m'a raconté et ce que j'ai lu dans son journal, mais sur autre chose encore. Comme s'il y avait un autre chemin. De Paul à moi, je veux dire. Un raccourci, en quelque sorte. »

Petr hocha la tête.

« Oui. C'est bien possible. Qui sait ? »

Et il se tut. Au même moment la pluie diminua d'intensité, et peu après elle cessa complètement.

Je saisis mon sac et ouvrit la porte de la voiture.

Petr tendit la main et me caressa la joue.

« A bientôt ! »

Je restai un moment sur le parking et regardai Petr descendre la rue et prendre la sortie vers la grand-route, où il disparut de mon champ de vision.

Je me sentais fragile ; j'étais tout à la fois heureux et triste. Heureux de l'avoir rencontré, triste – ou plutôt mélancolique – de ne plus avoir d'indice à suivre dans ma quête de Paul. Petr avait été mon dernier indice. Maintenant, il n'y avait plus que moi.

J'ouvris la porte d'entrée. Un silence total régnait dans l'appartement. Je retirai ma veste et mes chaussures et posai mon sac dans ma chambre. C'est alors que j'entendis le bruit de pages qu'on tourne ; cela venait de la cuisine.

C'était papa. Il était en train de lire le journal du soir.

« Bonsoir ! » s'exclama-t-il d'un ton étonné quand il me vit. « Je croyais que c'était Sara. Elle est allée chez Else en fin d'après-midi. »

Je m'assis en face de lui.

« Tu t'es bien amusé ?

– Oui. »

Il posa le journal sur la table.

« Je croyais que tu ne devais pas rentrer avant demain.

– Ah ? Nous... Enfin je n'avais pas décidé quand je rentrerais. Ça s'est fait comme ça. »

Et subitement, je perçus ce même sentiment étrange, un sentiment de vide qui s'installait habituellement entre papa et moi lorsque nous étions seuls. C'était comme si nous n'avions rien en commun. Bien que père et fils. Et je me sentais coupable en un sens, comme si ça avait été ma faute que nous n'ayons rien à raconter, que nous n'ayons rien à nous dire.

Nous restâmes silencieux un instant. Comme si nous attendions quelque chose. Puis je me levai et allai dans le séjour pour appeler Daniel. Papa reprit la lecture de son journal.

Je laissai sonner, attendant qu'il réponde. Mais il n'était pas chez lui.

Je reposai le combiné et retournai dans la cuisine.

Papa leva les yeux.

« Il n'y avait personne ? »

Je secouai la tête et marmottai une vague réponse.

« Tu en veux ? » demandai-je en me versant une tasse de café.

« Non merci. Ça va comme ça. Je viens d'en boire une tasse. »

Je sentais qu'il me suivait du regard comme je me dirigeai vers le séjour, m'efforçant de ne pas renverser du café partout.

Un peu plus tard, papa me rejoignit et s'assit dans le fauteuil.

« Puisque tu es rentré ce soir, nous pourrions peut-être faire une promenade demain, commença-t-il. Rien que nous deux. Si tu n'as rien de prévu, bien entendu. »

Je le regardai d'un air inexpressif.

« Où ça ? » demandai-je. Comme si ça avait de l'importance.

Il réfléchit un instant avant de répondre.

« Eh bien, si tu veux, je peux te montrer le terrier près duquel Paul a vu les trois renardeaux. »

Je renversai presque ma tasse de café.

« Parce que tu sais où il se trouve, *toi* ? »

Il hocha la tête.

« Bien sûr. Nous y sommes allés ensemble, Paul et moi. Il me l'a montré une semaine seulement après l'avoir trouvé. Et nous y sommes retournés plusieurs fois avant... »

Il n'acheva pas sa phrase.

« Ah bon ? Je ne savais pas », dis-je, et je tournai la tête vers la télé et la photo de Paul.

« Je ne sais pas si le terrier est encore utilisé, poursuivit papa. Je n'y suis pas retourné au printemps dernier. Mais ça serait sympa malgré tout que tu le voies, non ? Et aussi cette grosse pierre qu'il avait escaladée avant d'apercevoir les renardeaux. »

Devant la porte du balcon ouverte, le fin rideau se mouvait dans le courant d'air, créant des reflets d'ombres et de lumière sur le verre de la photographie et donnant vie au visage de mon frère. Il souriait. Et c'était moi qu'il regardait.

« Oui, ça serait sympa. Ça serait vraiment sympa. »

Et papa sourit.

Glossaire des mots et expressions tchèques

Petr je tady	Petr est là / Voilà Petr
Mému malému Princi	Pour mon petit prince
Tvůj milenec	Ton amant
Ahoj můj bratře	Salut mon frère
Stává se smrtelně důležitym	Il est devenu « capital »
O malém princi	[l'histoire] d'un petit prince
Jdes mi na nervy	Tu me tapes sur les nerfs
Václavské náměsti	Place Vaclav
Můj maly princi	Mon petit prince
Hajej můj princi a spi	Dors, mon prince, endors-toi
Jsou s tebou anděle tví	Tes anges sont avec toi
(Premiers mots du texte tchèque de la berceuse de Mozart.)	
Tvůj anděl je s tebou	Ton ange est avec toi
Krucifix	Crucifix (Utilisé comme juron familier)
Klucina	Garçon

Dik, Klára a Václav!

La phrase *"It s the time of the season when your love runs high"* est tirée de la chanson *Time of the Season*, de Rod Argent et son groupe The Zombies. Le morceau fut un tube du printemps/été 1969.

Impression réalisée sur Presse Offset par

BRODARD & TAUPIN

GROUPE CPI

La Flèche (Sarthe), 38352
N° d'édition : 3906
Dépôt légal : novembre 2006

Imprimé en France